人形物語

愛・恵み・救い

安本達弥

文芸社

1

そこは、古《ふる》い木造共同住宅《もくぞうきょうどうじゅうたく》——西端棟《にしはしとう》の二階《かい》。

曇《くも》りとも晴《は》れともつかぬ、どんよりした午前中《ごぜんちゅう》の陽差《ひざ》しが、隣家《りんか》の壁《かべ》を照《て》らし、こちらの窓辺《まどべ》も鈍《にぶ》く映《は》えている。

広《ひろ》さ六畳《じょう》の和室《わしつ》。

まん中に置《お》かれた漆塗《うるしぬ》り——濃《こ》い赤紫色《あかむらさきいろ》の丸《まる》いお膳《ぜん》を囲《かこ》み、集《あつ》まった三体《さんたい》——子供姿《こどもすがた》のキューピー人形《にんぎょう》が座《すわ》る。——いや、「三人」と表《あらわ》すべきか……。彼等《かれら》は単《たん》なる「玩具《がんぐ》人形」でない。

容貌《ようぼう》が皆《みな》、全《まった》く同《おな》じ「瓜二《うりふた》つ」ながら、頭部《とうぶ》含《ふく》め身体《しんたい》の大《おお》きさや、服装《ふくそう》は異《こと》なる。

また、自分《じぶん》でちゃんと動《うご》いたり、考《かんが》えたり喋《しゃべ》る事《こと》もできる。外見上《がいけんじょう》、大きさが違《ちが》うのは「年齢《ねんれい》」の反映《はんえい》だろうか。いずれも「子供姿」という点《てん》で一致《いっち》しているが。

　また、彼等は名前《なまえ》も持つ。一番《いちばん》大きい人形は男《おとこ》の子「太郎（たろう）」、次が女《おんな》の子「ゆかり」、そして一番小《ちい》さい——男の子「光彦（みつひこ）」

　但《ただ》しここにて、苗字《みょうじ》の有無《うむ》を誰《だれ》も知《し》らない。

「服装《ふくそう》は？」

と言えば——太郎と光彦はそっくりで、白《しろ》いポロシャツに、それぞれ茶色《ちゃいろ》（太郎）と紺《こん》色（光彦）の半《はん》ズボンを穿《は》き、ゆかりは白いブラウスに、赤く短《みじか》めの吊《つ》りスカート姿。

　皆、表情豊《ひょうじょうゆた》かであるが、極《きわ》めて幼《おさな》い光彦だけ普段、他《ほか》二人のようには喋れず、時々《ときどき》、口《くち》から出まかせに声《こえ》を上《あ》げる程度《ていど》が精一杯《せいいっぱい》の表現《ひょうげん》。

　むしろ二人のやり取《と》りを、いつも興味深《きょうみぶか》く眺《なが》めており、そこから十分《じゅうぶん》、心《こころ》の糧《かて》を得《え》られる様子《ようす》だし、誰より面倒見良《めんどうみよ》い姉《あね》（？）＝ゆかりに全面《ぜんめん》、頼《たよ》り切《き》っている。

「甘《あま》えん坊《ぼう》」ぶりなら、太郎も似《に》たり寄《よ》ったり。

只《ただ》、内面《ないめん》の想《おも》いに囚《とら》われ易《やす》い性分故《しょうぶんゆえ》か、それらを改《あらた》めて口に出しかけた時等《ときなど》、緊《きん》張《ちょう》し過《す》ぎ、結構《けっこう》言《い》い淀《よど》む事が多《おお》い。特《とく》に、快活《かいかつ》な親友《しんゆう》——ゆかりとの間《あいだ》で、そうなってしまうのだ。

結局《けっきょく》、ゆかりが、三人の気持ちを代弁《だいべん》できるまとめ役《やく》となり、自《みずか》らも日常《にちじょう》、それらしく振《ふ》る舞《ま》いがちだった。


こうして三人、顔《かお》を揃《そろ》える場《ば》——それ自体《じたい》、各々《おのおの》にとり、この上無《うえな》い安《やす》らぎ・寛《くつろ》ぎを意味《いみ》するに違《ちが》いない。

——否《いな》、本来《ほんらい》なら「街角《まちかど》」にて、このとおり揃った一団《いちだん》を見つけた者《もの》が、とにかく一度《いちど》、早《はや》く直《じか》に会《あ》ってみたくなる——かなり長《なが》い間、そんな「期待《きたい》の申《もう》し子《ご》」だった筈《はず》……。

彼等三人は、かつて、町内《ちょうない》の様々《さまざま》な地区《ちく》で各家庭《かてい》を訪《おとず》れ、専《もっぱ》ら幼児達相手《ようじたちあいて》に或《あ》る種《しゅ》「救援活動《きゅうえんかつどう》」を、実践《じっせん》し続《つづ》けた。

今《いま》、そのメンバーが静《しず》かに集《つど》う。

すると、やはりどうしても皆、「あの頃《ころ》」を思《おも》い起《お》こし、今度《こんど》はむしろ逆《ぎゃく》に、「訪問《ほうもん》して貰《もら》いたい」立場《たちば》で、もはや過去《かこ》となった自分達《じぶんたち》の〝影《かげ》〟を仰《あお》ぎ、拝《おが》んでみようとさえする心境《しんきょう》なのだろう。

それ故《ゆえ》か、部屋内《へやない》――仲間同士《なかまどうし》の「空気《くうき》」は、いささか淀《よど》んでいる。一方《いっぽう》、既《すで》に心《こころ》満《み》たされた者の品格《ひんかく》も、確《たし》かに窺《うかが》えるのだ。

会話《かいわ》無く、黙《だま》ったまま向《む》き合《あ》い、お互《たが》い、己《おのれ》の手元《てもと》を見《み》つめたりしているような具《ぐ》合《あい》で、入室して以後、じっと佇《たたず》み、時が過《す》ぎる。

三人共《とも》、半《なか》ば必然《ひつぜん》として今現在《げんざい》よりも、過去への想いが熱《あつ》い点《てん》は否《いな》めない。特《とく》に、一番年上《としうえ》らしく「お人好《ひとよ》し」、かつ朴訥《ぼくとつ》な印象《いんしょう》の太郎は、「幼児救援活動」中、いつも交通面《めん》を一手《いって》に引《ひ》き受《う》け――「空中自転車《くうちゅうじてんしゃ》」後部席《こうぶせき》（「荷台《にだい》」？）に、仲間を乗《の》せ、「三人乗り」で夜《よ》な夜《よ》な、街角あちこちを快《こころよ》く駆《か》け抜《ぬ》けた記憶《きおく》から、改めて、あの「充実感《じゅうじつかん》」を味《あじ》わい直《なお》したいに違いない――。

実際《じっさい》、彼等こそ当時《とうじ》、中都市《ちゅうとし》の片隅《かたすみ》に多く息《いき》づく若夫婦世帯《わかふうふせたい》の乳幼児達《にゅうようじ》にとり、日常、最《もっと》も頼り甲斐有《がいあ》る存在《そんざい》だったろう。

その「活動拠点」にして来た場所は？　――広い夜空《よぞら》のごく一部《いちぶ》がボウッと、白《しろ》く輝《かがや》き、丁度《ちょうど》その真下《ました》でそびえる小高《こだか》い丘《おか》（略称「白い丘」）。地理的《ちりてき》な位置等《いちなど》、誰一人知《だれひとりし》らない。――そこから毎回《まいかい》、まるであらゆる空中――縦横無尽《じゅうおうむじん》に張《は》り巡《めぐ》らされた透明《とうめい》な高速道路上《こうそくどうろじょう》を、スイスイ走行《そうこう》（滑空《かっくう》）しながら「キユーピー人形二人乗り自転車」が、街へ出現《しゅつげん》――登場《とうじょう》する。

行先《ゆきさき》となる若夫婦世帯では、乳幼児等が眠《ねむ》る部屋へ直行《ちょっこう》――。外壁《がいへき》なぞ、いとも容易《たやす》く通《とお》り抜ける。

「救援隊」は皆、〝透明人間〟並《な》みの形状《けいじょう》。幼児達も、その来訪《らいほう》を半ば「夢内《ゆめない》の出来事《できごと》」と、割《わ》り切《き》っていられる。日中《にっちゅう》に比《くら》べ、光《ひかり》の見え方が明《あき》らかに異なるからだ。決《けっ》して幼児誰しもが、ぐっすり寝入《ねい》っている訳《わけ》でなく、まだ起きたまま突然《とつぜん》、出会

いを体験《たいけん》し、面喰《めんく》らう場面《ばめん》も少《すく》なくない。結局《けっきょく》、「救援隊」の正体《しょうたい》は、

「生《い》きている、半《はん》透明なキューピー人形三人組《ぐみ》」——

と言ったところか。

「救い」の中身は、受ける側《がわ》の当人《とうにん》に固有《こゆう》の希望《きぼう》や意欲《いよく》、加《くわ》えて、誇《ほこ》りや勇気《ゆうき》の芽生《めば》え等——凡《およ》そ形《かたち》は分《わ》からずとも、（子供世代《せだい》の人間《にんげん》が）生きて行くため絶対《ぜったい》、備《そな》えさせたい心理《しんり》面への栄養補給《えいようほきゅう》なのだった。

三人にとり毎回、気分和《なご》むのは、当日分《とうじつぶん》の〝仕事《しごと》〟を終《お》え、ようやく休憩《きゅうけい》している一時《ひととき》。

〈さあ、これからまた、丘へ戻ろうか——〉

と、意気込《いきご》む太郎。「行き」と同じ格好《かっこう》で、後部席に仲間（ゆかり、及び光彦）も乗り終え、ペダルに足をかけながら振《ふ》り向《む》くと、丁度、心の底まで一つの味わいを確かめ合うかに、三つ笑顔《えがお》の交換《こうかん》——言葉《ことば》を介《かい》さずとも「満足《まんぞく》」の花《はな》が咲《さ》き開《ひら》く。

目的《もくてき》を達《たっ》した歓《よろこ》びは、受《う》ける側のみならず、施《ほどこ》す側にとって一入《ひとしお》のものだ。

尤《もっと》もこの「活動」――具体的《ぐたいてき》な内容やスケジュールとなると、大概《たいがい》、ゆかりが考《かんが》えた案《あん》に基《もと》づいていた。彼女は常々《つねづね》、一部の保育園児《ほいくえんじ》等が情緒《じょうちょ》面で抱《かか》え込む欠乏《けつぼう》感を意識《いしき》し、ならば自分達こそ「特別《とくべつ》な友達《ともだち》」となり、個々《ここ》に接《せっ》してあげたい――そうすれば皆、大人（両親《りょうしん》）の都合本位《つごうほんい》な家庭環境《かていかんきょう》に隅々《すみずみ》まで、心を押《お》し潰《つぶ》されず、子供らしい幸せの芽が育《そだ》ち始《はじ》める――と、信《しん》じて止《や》まない様子。

間違《まちが》い無く本物《ほんもの》のキューピーである「救援隊」は、日頃《ひごろ》、様々な諸事情《しょじじょう》から境遇《きょうぐう》浮《う》かばれない幼児達にとり、

「希望の証《あかし》」――。

たった一回でも、その姿を間近《まぢか》に見つけ、触《ふ》れ合う体験だけで、日中いつもながら、施設《しせつ》や家《いえ》で催《もよお》す気重《きおも》さやみじめさ、後《うし》ろめたさを忘《わす》れ去《さ》り、「明日《あした》」へ向け生き生き成長する心地《ここち》を取り戻《もど》す。

現状《げんじょう》生活から即《そく》、立《た》ち直《なお》って行くための拠《よ》り所《どころ》は、各自《かくじ》が秘《ひ》め持《も》つ個性《こせい》だ。

それにしても「救援隊」メンバー達は、一体《いったい》どうやって、この随分珍《ずいぶんめずら》しい姿形《すがたかたち》で

以《もっ》て揃い、ほぼ毎日——毎晩《ばん》、華々《はなばな》しく活動できるのか。そもそも彼等の実像《じつぞう》——いや「生《お》い立《た》ち」とは？

銘々《めいめい》、いつ、どこで生《う》まれ育ち、現在《げんざい》までお互いをしっかり支《ささ》え、社会《しゃかい》の一角《いっかく》へ影響《えいきょう》を及《およ》ぼすチームとなり得《え》たか……。


ちょっとした体格差《たいかくさ》や〝年齢差〟なぞ、ごく表面上《ひょうめんじょう》であり、いざ現場《げんば》では三人共、殆《ほと》ど瓜二つな「天使《てんし》」に見える按配《あんばい》だが——。

その似通《にかよ》った一体感《いったいかん》こそ、訪問先で出会ういたいけない相手に、絶大《ぜつだい》な信頼《しんらい》や安心《あんしん》を保証《ほしょう》する特徴《とくちょう》かも知れない。そして、もし本件《ほんけん》に直接《ちょくせつ》、考え巡らせた者は程無《ほどな》く、地上《ちじょう》あらゆる事象《じしょう》を裏付《うらづ》ける因果《いんが》の妙《みょう》に触れ、薄々納得《うすうすなっとく》せざるを得ない？


この「三人」仲間には丁度、各成員《せいいん》と相似形《そうじけい》を成《な》す如《ごと》く、現社会《げんしゃかい》で暮《く》らす生身《なまみ》の人間モデル——即ち、彼等が姿を借《か》りる各キューピー人形の持主《もちぬし》達——三人が存在した。

その名も、人形とぴったり対応《たいおう》した、

「太郎・ゆかり・光彦」

に他ならない。

＊　＊　＊

日恵《めぐみ》市《し》曽根《そね》町《ちょう》——西部《せいぶ》。

下町《したまち》。かなり古《ふる》い住宅地区《じゅうたくちく》。

一方《いっぽう》、一キロメートル以上《いじょう》隔《へだ》てた反対《はんたい》側の東部方面《とうぶほうめん》は、広域《こういき》に亘《わた》り製造業《せいぞうぎょう》の中《ちゅう》小工場群《しょうこうじょうぐん》が立ち並《なら》ぶ。当然《とうぜん》、町内《ちょうない》（主《おも》に西部）からそちらへ、勤《つと》めに出ている住《じゅう》民《みん》が大変《たいへん》多い。

　個別《こべつ》の規模《きぼ》こそ慎《つつま》しいながら、多様《たよう》な地場産業《じばさんぎょう》に育ち、あたり幾《いく》つか近接《きんせつ》した商《しょう》店街《てんがい》はどことも、普段《ふだん》、仄《ほの》かな活気《かっき》を帯《お》びている。

曽根町八丁目《ちょうめ》二番地《ばんち》界隈《かいわい》——。或る袋小路《ふくろこうじ》に面《めん》した、大振《おおぶ》りな二階建木造家屋《にかいだてもくぞうかおく》それぞれ全《まった》く同じ造《つく》りの住戸《じゅうこ》が六軒《けん》、ぴったりつながって並ぶ建売《たてうり》住宅（昔《むかし》、「文《ぶん》化《か》住宅」等と呼《よ》ばれた）。

「曙荘《あけぼのそう》」

東端《ひがしはし》――「井上《いのうえ》」宅《たく》、及《およ》び西端「田辺《たなべ》」宅。この両家《りょうけ》はいずれも、男性主人《だんせいしゅじん》が中《ちゅう》堅鉄工所《けんてっこうじょ》「（株《かぶ》）A社《エーしゃ》」社員《しゃいん》で、個人的に親《した》しく、家同士のつき合《あ》いも長い。近隣自《きんりんじ》治会《ちかい》活動では定期的《ていきてき》な寄《よ》り合《あ》い等、よく協力《きょうりょく》し、ごくたまにお互い、相手家族を自宅へ招《まね》き、夕食《ゆうしょく》をもてなしたりして来《き》た。


比較的《ひかくてき》静かな曽根町内でも、ここ「八丁目」は取《と》り分け――どこか場末《ばすえ》を思わせ、うらぶれた風情《ふぜい》。ちょっとした商店街が連《つら》なる等の賑《にぎ》やかさは、東部の一丁目界隈に限《かぎ》られる。

只《ただ》、そこですら、日恵市内で有数《ゆうすう》な盛《さか》り場《ば》――「宮前通《みやまえどおり》」周辺《しゅうへん》と比《くら》べれば、遥《はる》かに及ばない。
・・・こちらは、大手《おおて》私鉄《してつ》の終着駅《しゅうちゃくえき》ターミナルを囲《かこ》んで、デパート他《ほか》、立派《りっぱ》な高層《こうそう》（商業）ビルも林立《りんりつ》し、都会的豊《とかいてきゆた》かさを謳歌《おうか》する。

「盆《ぼん》」や「暮《く》れ」に贈《おく》るお中元《ちゅうげん》・お歳暮《せいぼ》のため、ちょっぴり高級《こうきゅう》な買物《かいもの》をしたい――となれば、曽根町民も大概《たいがい》、バスに乗り三十分近くかけて週末《しゅうまつ》、宮前通方面へ揚々《ようよう》と繰《く》り出《だ》すお決《き》まり習慣《しゅうかん》が、何よりの楽《たの》しみとなっている。

宮前通一帯《いったい》は従来《じゅうらい》より、市内《しない》で南部地方《なんぶちほう》を代表《だいひょう》する行政《ぎょうせい》・経済拠点《けいざいきょてん》――まさしく「都心《としん》」に当《あ》たり、各種集中《かくしゅしゅうちゅう》して立つ役所《やくしょ》や金融機関《きんゆうきかん》、また娯楽施設《ごらくしせつ》も多い。

遠《とお》く近《ちか》く、郊外含《こうがいふく》め他地域《たちいき》から、様々な用事《ようじ》を抱《かか》えた人々《ひとびと》が日々《ひび》、駅や道路沿《どうろぞ》いを、群《む》れるように行《ゆ》き交《か》う。

「曙荘」文化住宅にて、世帯間のつき合いはやはり、東西両端《とうざいりょうはし》の住戸《じゅうこ》が一番盛ん。中程《なかほど》の四軒《けん》と比べ、際立《きわだ》っている。近隣で「名物《めいぶつ》」視《し》される程《ほど》。

――その、確《たし》かな証拠は？　――「同僚間《どうりょうかん》」にも増《ま》して著《いちじる》しいのが、子供同士《どうし》の交《まじ》わり。

井上家の一人息子《むすこ》「太郎」と、田辺家の長女《ちょうじょ》「ゆかり」・長男《ちょうなん》（年下）「光彦」――この三人で幼時より日常、何かと行動《こうどう》を共《とも》にする姿が度々《たびたび》見られた。

年齢は太郎が一番上。一歳離《さいはな》れてゆかり。さらに四歳下の光彦は、いつも姉について回《まわ》るばかりだが、その分《ぶん》、可愛《かわい》がられている。

幼稚園《ようちえん》を終える前年秋、母が町内の縫製工場《ほうせいこうじょう》へ勤め出し、ゆかりは以後《いご》、「鍵《かぎ》っ子」同然《どうぜん》。一方《いっぽう》、まだ身《み》の回《まわ》りが全然整《ぜんぜんととの》わない光彦を、母は朝方《あさがた》、保育園《ほいくえん》へ連《つ》れて行くが、午後《ごご》は必《かなら》ずゆかりが立《た》ち寄《よ》り、連れて帰《かえ》る習慣となっていた。小学校《しょうがっこう》に進《すす》んでからは尚更《なおさら》、「見守《みまも》り役《やく》」を求《もと》められた。

光彦自身、一人で外歩《そとある》き位できるものの、ゆかりにとり彼は、通常《つうじょう》、弟に向けられる家庭内の同類《どうるい》感覚よりも、はっきり「我《わ》が子《こ》」的な扱いが窺《うかが》える。家でも戸外《こがい》でも、弟を励《はげ》ます誉《ほ》め言葉だけでなく、例えば施設内で彼が粗相《そそう》した——と聞《き》いた時《とき》の叱《しか》り方まで、十分心得《じゅうぶんこころえ》た風《ふう》だった。

そういった面で両親から信頼厚《しんらいあつ》いゆかりは、決して大柄《おおがら》でなく、また顔立《かおだ》ちの見映《みば》えや、利発《りはつ》さも目立《めだ》つ程《ほど》でない。ごく普通——ややおてんばタイプの少女《しょうじょ》。でも話《はな》し声《ごえ》は一際《ひときわ》大きく、よく響《ひび》き、一緒《いっしょ》にいるだけで、その場が自《おの》ずと華《はな》やぐ。

光彦は、そんな主体的《しゅたいてき》過《す》ぎる姉の下《もと》で全面、頼り切っており、却《かえ》って自身の成《せい》長《ちょう》・発育《はついく》が幾分《いくぶん》、遅《おく》れがちかも知れない。人々から伝《つた》わって来た言葉に対《たい》し、内容《ないよう》理解《りかい》できるらしい反面《はんめん》、自《みずか》ら発信《はっしん》・表現の機会《きかい》となれば意外《いがい》と少《すく》ない。結局《けっきょく》、姉に絶《た》えず同調《どうちょう》しつつ、「アー」とか「ウー」とか、〝奇声《きせい》〟を上《あ》げるに留《とど》まり、しかしそれが或る種、お囃子《はやし》めいて聞こえ、「座《ざ》」に賑やかさを添《そ》える。

ところが、それに染《そ》まってしまったか――態度《たいど》面で、恐《おそ》らく生来《せいらい》の自分らしさを薄《うす》めて見えるのが「無二《むに》の親友《しんゆう》」――井上太郎。

彼がゆかりに、何事《なにごと》か話しかけようとする時、必ずと言える程、よく口ごもった。自宅で両親との会話中、ゆっくり口調《くちょう》ながら分《わ》かり易《やす》い言葉を交《か》わし、意思疎通《いしそつう》して来た筈だが……。ゆかり相手だといとも容易く、思いがけない話題《わだい》に移《うつ》ったりするため、無理《むり》やり構《かま》え、何とか調子《ちょうし》を合わせるのだろう。常々《つねづね》、「特別《とくべつ》な友達」への気遣《きづか》いが先立《さきだ》つようだった。

父親が勤め先を同じくする家族同士の懇意《こんい》な近所づき合い――それを縁《えん》に深《ふか》まっていた子供同士の交わりは、毎度《まいど》、ほぼお決《き》まりパターンが繰《く》り返《かえ》された。中身《なかみ》は……？

曙荘東端の井上家から一人息子――太郎が、西端の田辺家を訪ねる――という形。

普段、田辺家では長女――ゆかりも、その弟――光彦も昼間、幼稚園や保育園から帰って来たら、勤め人の母とは夕刻過ぎなければ会えないため、ゆかりが鍵《かぎ》を開《あ》けて入宅後《にゅうたくご》、先《ま》ず二階――六畳和室の「子供部屋《こどもべや》」へ上がる。

北壁際《きたかべぎわ》で敷《し》かれた小振《こぶ》りな布団《ふとん》に、疲《つか》れた弟を寝《ね》かしつける事も多い。

それから彼女は、部屋まん中に置かれたお膳の前で、自分好《ごの》みな絵本《えほん》を読《よ》んだりしている。

約一時間後、玄関《げんかん》チャイム音《おん》と共に、井上家の太郎が遊びに来ると、即、二階へ招《まね》き入れられる。

やがて田辺家――子供部屋内で、二児《にじ》（ゆかり・太郎）の喋り声が満《み》ち、その愉快《ゆかい》な調子に光彦も目覚《めざ》め、小さな身体《からだ》を起《お》こしてお膳の周りに寄《よ》って来る。三人が丁度、車座《くるまざ》のように向かい合い、午後のひと時、「用事《ようじ》」に浸《ひた》り込《こ》む。
木製《もくせい》、大変《たいへん》濃《こ》く赤紫《あかむらさき》っぽい漆塗《うるしぬ》り――艶《つや》やかな丸いお膳の上には色々《いろいろ》、小物《こもの》が集《あつ》まっている。ゆかりが以前《いぜん》、親から買って貰う度、地道《じみち》に溜《た》めていたようだ。綺麗《きれい》な「おはじき」や「ビー玉《だま》」含《ふく》め、それら全部、きっちり箱収納《はこしゅうのう》してあり、遊びの現場では「ここぞ」とばかり出して来て並《なら》べられ、いずれも立派《りっぱ》に話しネタとなり、集《つど》いを演出《えんしゅつ》する。

太郎から見てゆかりは、自分よりずっと遊び上手《じょうず》だし、豊かな装飾品《そうしょくひん》の持主《もちぬし》。個数《こすう》・種類共《しゅるいとも》に多く、そうした「宝物《たからもの》」を毎回、少しずつ間近《まぢか》で〝見分《けんぶん》〟し、一つ一つ手に取り、触《さわ》ったりできれば、それだけで無上の楽しみ。物によっては自分も、これから親に絶対《ぜったい》買って欲《ほ》しい願《ねが》いを催《もよお》してしまう程だった。

その代表格《だいひょうかく》が、「珍《めずら》しい貝殻《かいがら》」――。
井上家の太郎が嬉々《きき》として、田辺家二階――ゆかり達の部屋を訪ね続ける理由（主《しゅ》要《よう》な目的《もくてき》）であり、そこには、太郎個人が秘《ひ》め持《も》つ強《つよ》い思《おも》い入《い》れも……。

ゆかりは、空《あ》いた大型《おおがた》の金属製菓子箱《きんぞくせいかしばこ》等に沢山《たくさん》収《おさ》めている貝殻を、毎度、たっぷり見せてくれる。サザエやアワビ、ハマグリ始め結構多種類なそれらが、実際、何地方のどんな場所で捕《と》れたものか？　太郎は殆ど——いや、全く見当《けんとう》つかない。

親に買って貰った図鑑《ずかん》を読み、海《うみ》に棲《す》む動物《どうぶつ》の殻である点は知っていたものの、肝《かん》心《じん》な「海」そのものの景色《けしき》を、正《ただ》しく思い描《えが》けない。

これまで太郎も、ゆかりから貝殻を幾つか分けて貰って、やはり似通った金属箱に仕舞《しま》い込み、時々開《あ》けて一心《いっしん》に見つめ、七色《なないろ》を帯《お》びる殻内面《ないめん》や、独特《どくとく》な手触《てざわ》りも確かめつつ、自分なりに「海」イメージを育てていたが——。

ゆかりの「持《も》ち貝《がい》」には、別格《べっかく》な上級品《じょうきゅうひん》が有《あ》るようだ。

或る日、いつもの子供部屋内——お膳から少し離れた畳上《たたみじょう》に、太郎が「寄木細《よせぎざい》工《く》」とおぼしき黄色《きいろ》い小箱を見つけ、自ずと手前《てまえ》に引《ひ》き寄《よ》せた。

蓋《ふた》を開けてみたところ、中に小型の不思議《ふしぎ》な貝殻が数個入っていた。光沢《こうたく》滑《なめ》らか・色模様《もよう》が面白かったり、形自体の奇抜《きばつ》さ——まるで人工的《じんこうてき》な品と見紛《みまが》う程、整《ととの》った外見《がいけん》の趣《おもむき》。

たまたま部屋内が太郎一人となっている時、内緒《ないしょ》でこっそり覗《のぞ》きかけたものの、思いの外、ゆかりがすぐ戻って来て、

「駄目《だめ》！　それは」

と、大声《おおごえ》で注意《ちゅうい》され、反射《はんしゃ》的に片手《かたて》を引っ込める彼——そんなやり取りは一度ならず発生《はっせい》。

彼女も「本物の宝」が入った木箱を、押《お》し入《い》れ内《ない》の収納棚《しゅうのうだな》から畳面へ、うっかり出してしまいがちだった？　ともかく「イモガイ」「タカラガイ」「シンジュガイ」他《ほか》——デパートの海産物売場《かいさんぶつうりば》でさえ、先ず見かけない特殊《とくしゅ》な種類のみ扱っている事実は、他所者《よそもの》からも何とか窺える。

以後、結局その小箱をじっくり手で触れる機会《きかい》が失《うしな》われたが、太郎の探究欲《たんきゅうよく》は逆《ぎゃく》に、募《つの》って行く傾向。

他人《たにん》宅の遊び部屋内で偶然《ぐうぜん》、目撃《もくげき》した小箱と、中身。美《うつく》し過《す》ぎる貝殻のみならず、それらが「生前《せいぜん》」、暮《く》らしていた深《ふか》い青色の海——そこへ向けた憧《あこが》れ以外の何物《なにもの》でもなかろう。

元来《がんらい》「海」という場所《ばしょ》に、太郎は、取り分け高く価値《かち》づけしたがる性格《せいかく》だった。そして今回、色々な装飾的貝殻に触れ、魅《み》せられた件《けん》も相俟《あいま》って、己《おのれ》自身がずっと幼い頃、海岸《かいがん》地方《ちほう》に住んでいたらしい遠《とお》い記憶《きおく》が甦《よみがえ》りかけていたのだ。

正直《しょうじき》、具体的《ぐたいてき》な実感《じっかん》は乏しい。


「おまえはね、海のすぐ傍《そば》の家で生まれ育ったんだよ」

と、母《かあ》さんが、さも誇《ほこ》らし気《げ》に教《おし》えてくれた様子から、他所の子供より恵まれた気《け》高《だか》い生《お》い立《た》ちを持《も》つかに自負《じふ》し、有難《ありがた》く感じて来たが……。

そもそも「海」とは一体、どんな世界《せかい》か？

絵本に載《の》る風景位《ふうけいくらい》しか、ヒントが無い。馴染《なじ》みの子供用図鑑に、海中広《かいちゅうひろ》く俯瞰《ふかん》した詳《くわ》しい図版《ずはん》も描かれ、中で息《いき》づく多種多様《たしゅたよう》の魚《さかな》や貝類《るい》には、幾度読んでも尽きない興味《きょうみ》をときめかされる。

只、親子共、現在、日常的に海と関《かか》わる生活観《せいかつかん》は無い。母が息子に、海のような広い心の持ち主に育って欲しい願いを込めて語った――太郎もそう感じ取り、たとえおぼろげであれ「郷愁《きょうしゅう》」を尊重《そんちょう》し、慈《いつく》しむ意識《いしき》へと強く志向《しこう》した。

一方、ゆかりが多少《たしょう》なりとも「海」を知っているか否《いな》か？　――ますます定《さだ》かでない。

〈あれだけ沢山《たくさん》、美しい貝殻を溜め持つ以上《いじょう》、きっと、ぼくよりも海への愛着《あいちゃく》が深い筈〉

〈お父さん・お母さんに、しょっちゅう海へ連れて行って貰える〉

〈いや――そうとも限《かぎ》らない。海岸近い家で生まれ育ったぼくの方が、やはり……〉

と、太郎の胸中《きょうちゅう》を、あらゆる憶測《おくそく》が湧《わ》いては消《き》えるが、どれ一つ確信《かくしん》が伴《ともな》わず、途切《とぎ》れたまま、いつしか忘れて行く始末《しまつ》。

しかし、上質《じょうしつ》な木製《もくせい》の「貝箱」を、自分が少し触りかけた時、咄嗟《とっさ》に制止《せいし》したゆかりの形相《ぎょうそう》には、何か彼女《かのじょ》自身も知らない禁断《きんだん》の域《いき》が暗示《あんじ》されていたとしか思えない。

太郎にとり「海」を透《とお》して覗いた場合《ばあい》、ゆかりがどのような人物《じんぶつ》となって映《うつ》るか

——突《つ》き詰《つ》めて考えたなら、心理的《しんりてき》な渦底《うずそこ》へ呑《の》まれてしまいそうだ。

ゆかり当人《とうにん》に、そうした半面《はんめん》を仄《ほの》めかす素振《そぶ》りが皆無《かいむ》。結果《けっか》、太郎は「海」の真相を母にも、ゆかりにも深く聞《き》き出せなかった。相手側から、付随《ふずい》した記憶話《きおくばなし》でもポッと持ち上がれば、すぐさま容易く尋《たず》ねられただろう。

……いささか、もどかしさは残る。

あの木製「飾り箱」を探《さぐ》ろうとして、ゆかりにきっぱり止《と》められた戒《いまし》めが、むしろ中身の、特殊な貝殻から喚起《かんき》された「海への憧れ」自体にまで影を落とし、太郎は懸《け》念《ねん》や、欲求《よっきゅう》不満《ふまん》が綯《な》い交《ま》ぜ状態《じょうたい》。

少なくとも当面《とうめん》、自分はもう、海なんて何一つ考え及ばず、縁遠いままで構《かま》わない——と、封印《ふういん》し、割《わ》り切《き》る方向《ほうこう》へ固《かた》まっていた。

実《じっ》の所《ところ》、田辺家——子供部屋で長時間、集いを成り立たせる催しは、もっと「本《ほん》番《ばん》」が有り、宝物を並べ合う嗜《たしな》みなぞ、その「前座《ぜんざ》」級《きゅう》かも知れなかった——。

彼等——曙荘に住む仲良い子供三人が、飽《あ》きもせず週内《しゅうない》の何日も、昼過ぎから一ヶ所へ集まり、会えば間も無くのめり込む「お喋り」とは一体、どんな光景《こうけい》だろう？　そこに毎度、必ず介在《かいざい》する物が有った。三人銘々《めいめい》——一つずつ、遊び時のみ持ち寄って、フルに使う。

——しかし、決して「道具《どうぐ》」的な扱いでない。いや、正しくは「者《もの》」とさえ呼《よ》んでも良《よ》い存在……。

それは比較的小型の、可愛いキューピー人形。三人分揃って全く同じサイズ。ビニール材質《ざいしつ》で、同じ構造《こうぞう》——即《すなわ》ち、彼等皆、同一《どういつ》規格《きかく》の品《しな》を各々一体ずつ所持《しょじ》している。この人形達を、持主三人共、デパートの買物時、親から直接買って貰った訳でなく、いつの間にか受け取ったに等《ひと》しい次第《しだい》。

〝正体《しょうたい》〟は——？　勤め先と同様、井上・田辺両家がほぼ等しく加入——貯蓄《ちょちく》している大手「めぐみ銀行《ぎんこう》」（本社《ほんしゃ》—日恵市宮前通二丁目）から、お得意先宛《とくいさきあて》、ごく時たま贈られる記念景品《きねんけいひん》の定番《ていばん》だった。親達が玄関や応接間《おうせつま》の飾《かざ》り棚《だな》に置《お》きっ放《ぱな》している内《うち》、知《し》らず知らず幼児達に取り込まれ、彼等の愛玩用《あいがんよう》となってしまったきらいも有る。

ともあれ、田辺家二階の子供部屋でも、このキューピー人形達が登場《とうじょう》しなければ遊び事は何一つ軌道《きどう》に乗らない位、着々《ちゃくちゃく》、重要《じゅうよう》さを増《ま》して行った。

幼児達三人、いつも出会ってすぐ、丸膳《まるぜん》を囲み、並べられた小物（貝殻等）を、それぞれ弄《いじ》り回ったりする一時間程は、黙ってそちらに専念《せんねん》。

ところが、やがて誰からともなくキューピー人形を摑《つか》み上《あ》げ、丁度、胸《むね》のあたりに片手《かたて》（又《また》は両手《りょうて》）でかざす格好になると、なぜか色々な科白《せりふ》を口走《くちばし》り出す。しかも、それが当人同士――でなく、どうやら「キューピー人形同士」として言葉を交わし得《う》る具合《ぐあい》なのだ。

一番年少の光彦も時たま、好《す》き勝手《かって》な調子で大声を上げるものの、胸の前でかざすポーズはしっかり真似《まね》し、毎回、喜んで「人形達の輪《わ》」に、どっぷり加《くわ》わり続《つづ》ける。

取り分け、ゆかりが盛んに喋りたがり、太郎は絶えず、彼女に合わせて応《こた》えるべく一生懸命《いっしょうけんめい》だ。自宅《じたく》や幼稚園にいる時とは凡《およ》そ異質《いしつ》で、余計《よけい》、口ごもったりする程。

とにかく三人皆《みな》、「持ち人形」を手にした途端《とたん》、態度が特有《とくゆう》の形を帯《お》び、また興奮《こうふん》気味《ぎみ》となる。こうした「定例《ていれい》」遊び――実際《じっさい》のきっかけ作りは、意外《いがい》にも太郎の側からだった。

当初《とうしょ》は普段、主《おも》にゆかりと太郎――各々が大切にしている小物類を、田辺家二階の子供部屋で、丸い卓袱台《ちゃぶだい》（お膳）上に沢山載せ、鑑賞《かんしょう》するだけだったが、回数を重ねる内、太郎は相手と比べ明らかに、貧相《ひんそう》な〝懐具合《ふところぐあい》〟が気になり出した。

貝殻のみならず、結構高価に違いない工芸《こうげい》品や、一種の宝石《ほうせき》類までたっぷり観《み》る事ができ、快い反面、己は何一つ相手を感心させていない歯痒《はがゆ》さや物足《ものた》りなさ――仲間で一番年上の男の子だけに恥《は》ずかしくもある。

帰宅後、幾ら頑張《がんば》って箪笥《たんす》の引《ひ》き出《だ》し内を漁《あさ》ったところで、親が若《わか》い頃《ころ》、流通《りゅうつう》していた古《ふる》い銅貨《どうか》や僅《わず》かな小紙幣《しょうしへい》、それに骨董文具《こっとうぶんぐ》等――色褪《いろあ》せた顔ぶればかりで、お話にならない……。

本当なら他者に頼らず自ら、交わりの場を盛り上げたくて当然《とうぜん》な心理。

そこで或る日、太郎は思い切ったイメージチェンジ——適度《てきど》に大きく、見映《みば》えするキューピー人形を、洋服箪笥《ようふくだんす》内の小型タオルに包《つつ》み込《こ》んで持参《じさん》し、友達二人の前で、不意《ふい》に披露《ひろう》した。内心《ないしん》、気休《きやす》め半分《はんぶん》だったろう。

案《あん》の定《じょう》、ゆかりがびっくり仰天《ぎょうてん》。——但し、

「あっ！　これ、私も持ってる」

と呟《つぶや》き、早速《さっそく》、押し入れ内の棚から二体、取り出して来た。一体は光彦用であろうと察《さっ》せられる。

結局、ド肝《ぎも》を抜《ぬ》かれたのは太郎の方？

せっかく「虎《とら》の子」的な〝目玉商品《めだましょうひん》〟を繰《く》り出し、見せつけて自慢《じまん》したかったのに、相手が依然《いぜん》、この程度《ていど》の玩具はちゃんと準備してあり、尚《なお》かつ、こちらの上を行く……？

しかし、なぜか一切《いっさい》、悔《くや》しく感じない太郎。逆にゆかり・光彦と自分が「瓜二つ」の人形を、それぞれ同じ位、大切な扱いで保管《ほかん》していた——と知った事が貴重《きちょう》この上無《うえな》く、何かしら救われた心境《しんきょう》なのだ。

そこでは確かに、三人対等で触れ合える絶好《ぜっこう》の条件《じょうけん》が整《ととの》っている——太郎が「我《わ》が意《い》」に沿《そ》った線《せん》の期待感《きたいかん》を抱《いだ》いてもおかしくない。

そうした中、やがて三人だけで何と、即席《そくせき》・即興《そっきょう》の「演劇《えんげき》」が始《はじ》められ、日《ひ》を追《お》う毎《ごと》、盛り上がって行った。

太郎にすれば、鈍感《どんかん》でドジな男の子——という自己《じこ》評価《ひょうか》の皮も拭《ぬぐ》い去《さ》った上《うえ》、「変《へん》身《しん》」できる唯一《ゆいいつ》のチャンスなので、ゆかりとの対話《たいわ》には、進《すす》んで加《くわ》わるべく励《はげ》む。

手持ちキューピー人形を介して、「演劇」的に展開《てんかい》する子供三人の対話——。どこか通常の遊び感覚と異なる。皆、目つきも声の調子も、特殊《とくしゅ》な生《い》き生《い》きした共通性《きょうつうせい》を滲《にじ》ませる。

いつしか「お膳」の上から、展示会《てんじかい》よろしく各自が見せ合った小物類は姿を消し、「人形同士のお喋り」声ばかり、やや狭い和室内に充満《じゅうまん》——溢《あふ》れ返《かえ》る具合《ぐあい》となった。

白熱《はくねつ》し易い傾向《けいこう》は、話題《わだい》にもよるのだろうか。そのネタを、主にゆかりが提供《ていきょう》し、隣近所《となりきんじょ》、あるいは幼稚園や保育施設で日々、直接出会う年下《としした》幼児の情報で多くを占《し》める。

生まれて以降、年月も短い彼等への関心《かんしん》は格別《かくべつ》に高いゆかり。例《たと》えば、どこそこの「〇〇さんち」から来る男の赤ちゃんが昨日《さくじつ》、ずっと泣《な》き止《や》まず、声も凄《すご》くおかしかった。一体、何事だったんだろう？――等と、真顔《まがお》で問《と》いかけ、相手に想像《そうぞう》を促《うなが》す。外出時《がいしゅつじ》に見聞《けんぶん》した他人家庭内の、厄介《やっかい》そうな事案《じあん》を一つ一つ、よく覚《おぼ》えていて取り上げる。単《たん》なる噂話《うわさばなし》風《ふう》とはならない。素朴《そぼく》な疑問点《ぎもんてん》も挟《はさ》んで多少、脚色《きゃくしょく》の上、興味深く問題提起《もんだいていき》して行くスタイル。

取り分けお似合《にあ》いな見本《みほん》は、ラジオ番組《ばんぐみ》の子供向け放送劇《ほうそうげき》やドラマ――はたまた軽《かる》いトークショーに出演《しゅつえん》する好きな声優《せいゆう》そっくりに、模倣《もほう》を試《こころ》みる場面《ばめん》。自《みずか》らも遠い将来《しょうらい》、ラジオ番組の司会役《しかいやく》や、映画女優《えいがじょゆう》として実際、活躍《かつやく》したい志望《しぼう》が芽生《めば》えて来た？

――いや、現在《げんざい》の彼女自身、他に誰一人持ち合わせない個性を自認《じにん》し、「キューピー人形劇」の科白で以て、とことん自由《じゆう》――かつオリジナルな表現を謳歌《おうか》している。

太郎も「負けじ」と応答《おうとう》した。子供生活上の様々なテーマに、自ら分かる範囲《はんい》で意《い》見《けん》や感想《かんそう》を述《の》べてみる事も。それが正《ただ》しいかどうか――厳密《げんみつ》に問われる心配《しんぱい》なんて、無《な》い。

――そうやって何回も交わり続ける度、ゆかりからの信頼は増して行った模様だ。彼特有の籠《こも》った口調も、抵抗《ていこう》無く受け入れられ、座の空気により話題が弾《はず》む――と言って良い趣。

光彦はまだ、十分な言葉遣《ことばづか》いができない。三歳という年齢から止《や》むを得《え》なくもあるが……。

無論《むろん》、姉のゆかりにとり、己の三歳頃と比べ、かなり発達遅れが目立つのでは？と、気にしない訳でなかった。

もう馴《な》れっこながら、ゆかりは、光彦がよく、

「バァッ、バァーッ！……」

と、言語《げんご》の意味《いみ》を成《な》さない発声《はっせい》に熱心《ねっしん》な事を覚えていた。大概《たいがい》、嬉《うれ》しさや楽しさ等、肯定的表情《こうていてきひょうじょう》と共に見られる癖《くせ》。むしろ姉への御機嫌《ごきげん》取りをしている風すらあり、深

い心理状態まで窺えない。

只、最近《さいきん》、改善《かいぜん》の兆《きざ》しが少し見えるのも確か。小学校で終業後《しゅうぎょうご》、保育施設「朝顔園《あさがおえん》」へ立ち寄った際《さい》、保育士さんがゆっくり、はっきり読み聞かせてくれるすぐ横で、光彦も動物《どうぶつ》や虫《むし》の名前を一生懸命、大声で辿《たど》ったり復唱《ふくしょう》する後ろ姿と出会い、ゆかりはちょっぴり安心できる気分だった。


家の中だと、人の名を覚えて声に出す彼。

「ミッちゃん」「タロちゃん」——

主に、このどちらかだった。

それは、取りも直さず弟＝光彦と、常連来客の太郎へ向けてゆかりが発する呼び名を、鸚鵡返《おうむがえ》しに真似たもの。片方《かたほう》が己の名前——なんて認識《にんしき》は薄《うす》い。他、改めて意思《いし》を伝《つた》えたくなった場合も、やたらに、

「ミッちゃん」「タロちゃん」

を連発《れんぱつ》。

彼は子供三人の輪で、言わば「飾り」に位置《いち》する。その「輪」とは、社会的な同世代仲間よりも、一家だんらんの温《ぬく》もりに近《ちか》く、ほのぼの打《う》ち解《と》けた情緒《じょうちょ》を伴う。

尚《なお》、「光彦『名前』語録」に、肝心《かんじん》な姉本人への言及《げんきゅう》が、未《いま》だ無い。

日常、太郎からゆかりへ向け、幾度《いくど》か、

「ユカちゃん」

と呼びかける場面には、間違い無く出会《でくわ》しているものの、その声が十分響《ひび》かず、やはり聞き取りにくい。もしかしたら光彦の耳に、まだ「雑音《ざつおん》」程度の理解《りかい》かも知れない。


毎回、会話がどれだけ弾んでも、太郎が「言葉」面で主導権《しゅどうけん》を握《にぎ》り、皆の気持ちを引っ張って行くような流れにならない。彼にとってゆかりのイメージとは、

「一時的な妹」でなく、

「年下の姉」に思えるらしかった。

人形に己の意思を託《たく》し、喋り明《あ》かす事により、皆それぞれ「もう一人の自分」へと、

どんどん変身できるのだろうか。人形本体が全部、同一製品なので却《かえ》って、各持主固有な特性《とくせい》を吸収《きゅうしゅう》し、かつ滲《にじ》み出させ、お互いに相違《そうい》をも認《みと》め合えそうな関係なのだろう。

三人集まり初めて成《な》り立《た》つ一人格《じんかく》、その営《いとな》み――。

しかし、時間は、とても早《はや》く経《た》って感じられる。子供部屋内――南壁《みなみかべ》高く吊《つ》られた黒っぽく古い柱時計《はしらどけい》の針《はり》が、すぐ夕刻まで回ってしまい、太郎はいつも、快い仲間の輪から一人抜けるのが名残惜《なごりお》しい気持ちに、強く駆《か》られた。

或る日、太郎の身に、芯《しん》から衝撃《しょうげき》を受ける事態《じたい》が発生《はっせい》――。

「二階――子供部屋」での人形遊びに大変な勢《いきお》いがつき、いつになく盛り沢山なやり取りで、今後《こんご》、遊び空間《くうかん》の新たな展開も予感《よかん》され出した矢先《やさき》、東側の襖戸《ふすまど》が開《ひら》いたかと思うや――、すぐ向こうから突然《とつぜん》、両親が現《あらわ》れ、叱責《しっせき》と共に彼をお膳から引き離《はな》し、力《ちから》ずくで自宅へ連《つ》れ戻《もど》したのである。

午後七時五十分。子供部屋内は蛍光灯《けいこうとう》一本点《とも》らず、薄暗《うすぐら》い中で続《つづ》いていた白熱の「人形お喋り」が即、完全中断《かんぜんちゅうだん》。

ゆかり等《ら》も最初《さいしょ》、何事が起きたか、さっぱり分からなかっただろう。それとも目だけは家猫《いえねこ》並《な》みに、室内光景《しつないこうけい》をしっかり捉《とら》えていたか？


両宅《りょうたく》共、平日、父の勤め帰りを待って午後八時過ぎ頃、夕飯《ゆうはん》が始まる。

太郎と母は遅《おそ》くとも七時前から、食卓周《しょくたくまわ》りで黙々《もくもく》と動き、皿《さら》や調味料《ちょうみりょう》を並べて準備《じゅんび》にいそしむ。

しかし、田辺家では……母親も帰りが遅いため、七時台なぞ、まだ「夕方」の範囲内だが、太郎がその時間帯まで「子供部屋」に居続《いつづ》けたのは珍しい現象《げんしょう》。余程《よほど》、メンバー同士、演技が噛《か》み合《あ》った証拠《しょうこ》？

いや、今やそれさえかなり常態化《じょうたいか》し、太郎の感覚面で「三度《さんど》の飯《めし》も忘《わす》れさせる」位、心奪《うば》われるに至《いた》った人形遊び。果《は》たして最低限《さいていげん》、教育《きょういく》や社会的な意味合《いみあ》いから、無《む》理《り》もない性質《せいしつ》のものか。


振《ふ》り返《かえ》ってみれば前々《まえまえ》から、父・母共、心配顔《しんぱいがお》で太郎に、注意喚起《ちゅういかんき》していた。父は、

「外で少し位、一緒に遊んでも構わないが、他所様《よそさま》の家の座敷《ざしき》へしょっちゅう上がり

込んでいたら当然、迷惑者《めいわくもの》扱いされる。おまえは『井上家』の子供なんだぞ」

と、強く諭《さと》し、母は、

「あなたが、ゆかりちゃんをウチへ連れて来たら？　こちらはママがいつも居るんだし、お菓子《かし》だって、もっと沢山出してあげるよ」

とも——。

しかし、太郎の「遊び観《かん》」が変わったりし得《え》ない。親の世間体《せけんてい》なんて正直、どうでも良い話。頭の中を、只一つ——、
〈今日も『我がキューピー人形』を通《つう》じ、三人だけでお喋りしたい〉
と、際限《さいげん》無く湧《わ》いては満《み》ちて来る、特殊な楽しみ欲求に支配《しはい》された格好。

田辺家にて、ほぼ日常、子供部屋へ入っているお客——「(井上) 太郎君」は、どう映《うつ》るのか。

太郎が、ゆかり達のお父さんと二、三度、直接顔を合わせた場所は自宅——井上家だった。まだ親同士、交流《こうりゅう》機会が多かった頃の事。

一緒について来たゆかりも、お客さんらしく黙って、父母にしがみついていた。

「今」は、かつてと条件が異なる。

しかし太郎自身、親友宅内の、誰か相手家族に不安を与えた感触《かんしょく》は、一切経験《けいけん》無い。「友達のお母さん」も中々《なかなか》、二階へ上がって来ないため殆ど気にならず、会った時は毎度、あっさりした笑顔で挨拶《あいさつ》を交換《こうかん》できる。

キューピー人形遊びが定着《ていちゃく》して以降《いこう》、彼女はゆかり・光彦と同様、「太郎君」の分も含め、人形三体にそれぞれ、持主達本人とそっくり同じデザインの服を手作《てづく》りし、丁寧《ていねい》に着《き》せつけてくれた。昼間、縫製工場で大量《たいりょう》にミシン掛《が》けして働《はたら》く職業柄《しょくぎょうがら》、簡《かん》易《い》な服仕立《ふくした》ての腕《うで》は達者《たっしゃ》なのだろう。

娘《むすめ》と、四歳下の息子《むすこ》の両者《りょうしゃ》に新《あたら》しい友人《ゆうじん》が出来《でき》、常々とても親《した》しく過ごす関係を、総《そう》じて喜《よろこ》んでくれている印象《いんしょう》。

それでも最近、太郎の両親が心配のあまり、神経《しんけい》を尖《とが》らせ出した事態は、いずれ誤《ご》解《かい》や、困惑《こんわく》を招いておかしくない。元々、家族ぐるみで相手から歓迎《かんげい》されている意識が根強《ねづよ》かった太郎。実の親が〝現場〟まで乗り込んで来て、時にヒステリックな叱《しか》り声を聞かされる立場《たちば》は、不都合《ふつごう》この上無い。

急速《きゅうそく》に遊び意欲《いよく》が萎《な》えて行き、大体午後四時頃で切《き》り上《あ》げ、帰るようにしたが、そうこうする内、田辺家へ訪ねる回数自体《かいすうじたい》、激減《げきげん》してしまった。

もう一つ、親の目から、太郎の行動を見過《みす》ごしできない件《けん》が持《も》ち上《あ》がっていた。それは、

「自転車三人乗り」――

元来、晩生《おくて》な性分《しょうぶん》の太郎。いつ、どこでも決して目立ちたがらず、人形遊びですら、ゆかりの豊富《ほうふ》な話題発信《はっしん》に、合《あい》の手《て》を入れる形でしか演じ方を知らない。が、「見映《みば》え」を除《のぞ》いた条件下なら、自ら信じられる課題と、熱《ねっ》っぽく取り組む志《し》気《き》は高い。

或る意味「自転車乗り」も、その一つだった。

補助車《ほじょぐるま》付きの小型車《こがたしゃ》を幼時より、家周辺の路地《ろじ》で繰り返し乗り回していたところ、

すぐ馴れ、休日等、通園通学圏からずっと離れた他町域《たちょういき》へも、あちこち遠出《とおで》が増《ふ》えて行った。

他人宅の二階へ入《い》り浸《びた》る「人形対話」と打《う》って変《か》わり、太郎の父は、自転車乗りが男の子の健康《けんこう》・体力《たいりょく》作りに良い——と考えたか、当初、表立《おもてだ》って口出《くちだ》しせず、かなり自由な使《つか》い勝手《がって》だった。

ところがこの方面でも、何やら厄介《やっかい》な雲行《くもゆ》きに——。太郎の「三人乗り」が始まり、習慣化《しゅうかんか》したのである。

きっかけは、小学二年生頃、自宅から程近《ほどちか》い広々《ひろびろ》とした公園内《こうえんない》での事。日曜日、昼前。たまたま「仲良し三人組」が顔を合わせた後、好奇心からゆかりが、光彦の手を引きつつ遊歩道《ゆうほどう》の脇——鍵もかけず放置された小型自転車の荷台《にだい》へ、二人で上がり込んだ。但しそこを「親友の持物でない」と、気づいていたかどうか？

太郎も勿論《もちろん》びっくり。

普段「自分用」なら相当、上手く乗りこなせる。一人遊びに欠かせない有難い用具——なのに、絵本やカタログ写真《しゃしん》に載る「本物《ほんもの》」自転車を、いつ買って貰えるか、見《けん》当《とう》がつかない。しかも、同車《どうしゃ》は荷台が特別長い型式。

〈この際〝後部席《こうぶせき》〟に二人乗せたまま、訓練代《くんれんが》わりで走《はし》ってみては……〉

と、意気込《いきご》むあたり、如何《いか》にも太郎らしい。早速、子供の足《あし》にはまだ、やや重《おも》いペダルを踏みしめ、園内の遊歩道へ繰り出し、ひと通り全部巡ってみた。これが〝お客様《きゃくさま》〟に大好評《だいこうひょう》。

以後、幹線道路沿《かんせんどうろぞ》いをどんどん辿ったり、街中《まちなか》・街外《はず》れ問わず、友達姉弟二人が知っていそうにない「秘境《ひきょう》」的な穴場《あなば》ばかり、色々捜《さが》し出しては連れて行く――外遊びの目玉と変わった。

〝愛車《あいしゃ》〟の定置場《ていちじょう》も引き続き同公園内の、あの片隅《かたすみ》。錆《さ》びておらず、比較的《ひかくてき》新しく思えるが――どうやら本品《ほんぴん》、真《しん》の持主からすっかり見捨《みす》てられた体裁《ていさい》だ。

運良《うんよ》く入手《にゅうしゅ》できた一台が足に馴染み良《よ》く、補助車無い本格的構造《ほんかくてきこうぞう》。もう、どこで使《つか》っても全然、恥ずかしくない――。

内気《うちき》な太郎にとり、専用自転車の三人乗りは、いつも賑やか――家庭的なゆかり・光彦の姉弟を相手に自己宣伝《じこせんでん》し、サービスできる最適《さいてき》の晴舞台《はれぶたい》。少々危《しょうしょうあぶ》ない位、込み入った走行《そうこう》コースを選《えら》び、急坂《きゅうざか》等、ブレーキ抜きで駆《か》け下《くだ》り――。一見《いっけん》カッコ良く映る運転《うんてん》を毎回、ことさら見せつけたがる。

一方で、ゆかりが大はしゃぎし、煽《あお》りたてた向きも否めない。これまた三人揃い、同じ空間で夢中《むちゅう》になれる新しい遊びだ。

やがて、自宅を中心《ちゅうしん》とした地区《ちく》には飽きた太郎。先ず、北の緩《ゆる》やかな丘上《おかうえ》へ自転車置場を移《うつ》し、もっと向こう側が、より勝景《しょうけい》に思え、領域開拓《りょういきかいたく》する。

だだっ広《ぴろ》い農村《のうそん》地帯《ちたい》の直線《ちょくせん》道路上で、異例《いれい》なスピードアップとなった途端、折悪《おりあ》しく交通整理《こうつうせいり》に引っかかり、連絡《れんらく》を受けた担任《たんにん》の先生《せんせい》から、こっぴどく叱られた。

これが両親の耳《みみ》に入ると、すぐさま「自転車運転禁止《きんし》」家に残《のこ》っている明《あき》らかに自分所有《しょゆう》の一台まで、屋外倉庫《おくがいそうこ》入りし、一切《いっさい》、乗れなくなってしまった。

〈人形遊びのみならず、こちらまでも……！〉

太郎の心内《しんない》は間違《まちが》い無く、欲求不満《よっきゅうふまん》の渦《うず》。

一方、親側も常々、悪い予想が一人歩きしており、〈もし事故《じこ》や、児童犯罪《じどうはんざい》を招いたら――〉と、極論《きょくろん》に傾《かたむ》き気味《ぎみ》。その分《ぶん》、切実《せつじつ》なのだろう。一人息子に未《いま》だ、男友達が出来ない中、前々より女の子の家へ通い詰め、何時間も同室《どうしつ》しているため、大人の余計《よけい》な憶測《おくそく》から神経質になったかも知れない。

太郎自身、段々《だんだん》、そう疑《うたが》われている気配《けはい》も嗅《か》ぎ取ったが、貴重な友達の顔ぶれや、遊びスタイルを丸ごと論《あげつら》う〝規制《きせい》〟は、とうてい受け入れ難《がた》かった。

2

丁度、その頃から、曽根町八丁目界隈を中心とした広域《こういき》の、街中に住む幼児達の間に、人気話題として「キューピーさん」が登場――。小学校や市役所《しやくしょ》等、母親に連れられ、予防接種《よぼうせっしゅ》を受けに集まった幼児同士でも、それは聞かれ出した。皆、各々、その関連《かんれん》の話を向けられただけで顔中、笑みでほころばせたりする。

具体的に「キューピーさん」の、一体どこがそれ程楽しく、待ち遠しいか？　なぜ皆、一様《いちよう》に特別、興味津々《しんしん》な反応《はんのう》を示《しめ》すか？

噂話の実像《じつぞう》までは傍目《はため》に分かり辛《づら》い。しかし、各家庭内で母親達が聞き知った断片《だんぺん》内容を、もし、つなぎ合わせられたならば――、

ごく最近、幼児達の間で或る三人形の仲間――いずれも「キューピー」姿――が、共通《きょうつう》した人気者《にんきもの》となっており、観客《かんきゃく》的な関心も凄く高い。なぜなら、実物のイメージが、出会った者全員でぴったり一致《いっち》してしまう――との珍現象《ちんげんしょう》。

その舞台となるのは、幼児達各自の夢においてであった。

三キューピー共、瓜二つに同じ顔立ちだが、体形《たいけい》は若干《じゃっかん》異なり、服装からも男の子二人、女の子一人――と、判別《はんべつ》できる。そしていつも、一番大きなキューピー（男の子）が、他の者達を後部に乗せ、自転車を漕《こ》ぎながら各家々の子供部屋へやって来

るらしい。

彼等の名前も、既《すで》に知られる。

自転車漕ぎ手の大きな男の子が、

「タロー君」

彼よりやや小柄で、後部席に乗る女の子は、

「ユカリちゃん」

そして、彼女が己の前か後ろに必ず、身体を支えて乗せる小さな男の子が、

「ミツヒコ君」又は「ミッちゃん」

と、呼ばれる。

各々、頼りない記憶をたぐり寄せて明かす際、そうした名前まで一致してしまうため、「夢語《ゆめがた》り」に一生懸命な幼児本人達も当初、或《あ》る種《しゅ》ショックを覚えたに違いない。

彼等にとり、夢内の「キューピー・トリオ」体験談《たいけんだん》は、何かしら有難さの象徴《しょうちょう》であろうか。敬《うやま》い、見上《みあ》げた態度も一特徴《いちとくちょう》。家庭内で日常、しばしば味わう苦痛《くつう》や不《ふ》快《かい》・恐怖《きょうふ》から必《かなら》ず救《すく》って貰える——あたかも本物の天使《てんし》に出会ったような実感が、

皆揃って、口振《くちぶ》りから滲み出す。

キューピー人形そっくりなのに、玩具扱いとは掛《か》け離《はな》れた、現実味《げんじつみ》たっぷりな表現。

一体、何事が起きていたのか？


もし、真相《しんそう》を種明《たねあ》かしできるなら――、概《おおむ》ね次《つぎ》のとおりとなるだろう。

＊　＊　＊

曽根町のみならず、周辺地区ほぼ全域で、子供達の夢に共通して現れ出した人気者の〝三天使〟――即ち「キューピーさん」の正体、それは……。

曽根町八丁目二番地の文化住宅「曙荘」に住む、サラリーマン家庭二世帯の、とても仲良い子供達――井上太郎・田辺ゆかり・田辺光彦――以上三名の「分身《ぶんしん》」であった。

三人は幼馴染。親同士の付き合いがきっかけで自然と顔を覚え合い、一番年上の太郎が小学三年生となる頃まで、盛んに交わった。

とにかく、いつも三人揃って色々遊ぶ事自体が、心行くまで楽しめる条件。主なメ・・・ニューは、太郎より一歳下のゆかり、及び彼女の四歳下の弟――光彦がいる田辺家二階の子供部屋で繰り広げられる「人形遊び」

戸外で、太郎が運転する自転車に「三人乗り」し、遠出する事も多かった。

田辺家の母親が昼間、工場勤めしており、「鍵っ子」のゆかりは、面倒見《めんどうみ》良いしっかり者。弟の光彦と似通った甘え感覚で、太郎も彼女に気に入って貰いたく、ひたすら合わせて頑張る。田辺家「子供部屋」へ出向き、平日の昼下がり、三人でキューピー人形を見せ合う〝対話劇〟も、戸外での自転車三人乗りも、文字通《もじどお》り積極的《せっきょくてき》な太郎。その価値《かち》は、ゆかりに認められてようやく成り立ち、発展性《はってん》を望める――という性質のものだった。

結局、太郎は友達二人のみと、やや特殊な遊び方に凝《こ》り過ぎ、己の両親から大変、問題視《もんだいし》された。得意になれる二種共、親の目に照らせば、いずれ非行《ひこう》の温床《おんしょう》と化《か》すかに後《うし》ろめたさを帯《お》びて感じられ、そう自認《じにん》するにつれ、普段の日課《にっか》としての楽しみが潰《つい》えた。

一方、ゆかりも小学校へ入って以後、新しく同性《どうせい》の友達は出来ており、少しずつ増える傾向。

半ば当然ながら、もう太郎が「二階―子供部屋」へ、いきなり一人上がり込んで、ゆかり達相手に、夕刻までどっぷり入り浸れる空気《くうき》でもなさそうだ。


或る夜、夢の真《ま》っ最中《さいちゅう》。

太郎は「ゆかり・光彦」とおぼしき姉弟一組《ひとくみ》に、偶然《ぐうぜん》出会う。相手二人を何一つ疑い無く、そう認識し、向こう側も即、出来事に気づいた――と、察せられる。鮮《あざ》やかな記憶が閃《ひらめ》き合い、相互間《そうごかん》を電流《でんりゅう》のように伝わったのだ。

〈今、別世界でぼくは、ゆかり・光彦と本当に接《せっ》している〉

その感慨《かんがい》は相手から見て、

〈太郎が戻って来た〉証《あかし》に他ならない――。

記念碑《きねんひ》的な場所？　どこか小高《こだか》い丘の頂上《ちょうじょう》らしい。曇り日を思わせる、白く明るい空の下、見晴《みは》らし良く開けた草地《くさち》の広い公園。さながら「緑《みどり》の大牧場《だいぼくじょう》」といった趣だが、周囲を、様々な樹種《じゅしゅ》の森《もり》が交《ま》ざってつながる。

森に沿って、広場をぐるりと縁取《ふちど》る一本の円《まる》い周遊路《しゅうゆうろ》が特徴。未舗装《みほそう》の土道《つちみち》だが、小石《こいし》なんかは落《お》ちていない。道を挟む両側の地面に多数、ベンチが固定《こてい》され、いずれも家族連れや、単身《たんしん》の行楽客《こうらくきゃく》が入《い》れ替《か》わり立《た》ち替わり腰《こし》かける。

森林側に一軒、地味《じみ》な規模《きぼ》の施設も有る。一見、古めかしい洋館風《ようかんふう》建物で、内部《ないぶ》は売店《ばいてん》や、ささやかな飲食《いんしょく》もできる休憩所《きゅうけいじょ》。そこにも、お客《きゃく》が出入りする様子は窺える。開け放した玄関扉のすぐ横《よこ》――大きな縦長《たてなが》の鏡《かがみ》が壁付けされ、広場や道等、正面《しょうめん》風景を映す。

――園内にて、太郎は先ず、中型自転車を見つけて乗り、周遊路を一生懸命、漕ぎ進んでいた。施設常備《じょうび》の、貸《か》し出《だ》し品《ひん》だろうか？

同じコースを何度通っても、飽きない。そこが「オアシス」であるかに濃《こ》い体感《たいかん》から、円くつながった長い道を、絶えず回っていたくなるのか。道沿いに、見覚え有る風物《ふうぶつ》が巡って来る度、より意気込んで踏みしめたくなり、段々、速度《そくど》も増して行く模《も》様《よう》。

こうした一定パターンの走行を繰り返す事が即ち、己の「楽園生活」——と、半分以上、納得《なっとく》。

そんな彼が突如、漕ぎ止み、自転車から降りて離れる。

先程から、道沿い——草地上を歩く二人連れが、どうも気になっていた。

何回目かの通過後、思い切って傍へ寄ると、それはとても幼い男の子と、その姉らしい。

お互い触れ合う程、近づいた時、場所は丁度、休憩施設の入口前《いりぐちまえ》。

太郎が何気無《なにげな》く玄関側を向いたところ、正面——縦長の大型鏡には——三者揃って映る。その顔が皆、そっくり同じ「キューピー人形」だった。

何と変《へん》てこな話……。しかし、それ故《ゆえ》か、太郎は素直《すなお》に熱《あつ》く反応——勇気が出て、相手に微笑《ほほえ》みかけると即《そく》、女の子から同種《どうしゅ》の微笑みが返って来て、小さな男の子もあどけなく、「お兄《にい》さん」格《かく》の相手を一心《いっしん》に見上げる。
ほんのひと時、何一つ言葉を借りず「再会《さいかい》」の場が成り立ったのだ。

三者にはどうも、こうして待《ま》ち合《あ》わせる事が各々分かっており、以前から何かしら合意《ごうい》できていたかのよう。

お互い、どこかで相手への想いが、元々のまま残っていた？　きっと、深く触れ合える間柄《あいだがら》だからこそ、今日《きょう》、ここでの出会いに漕ぎつけたのかも知れない。

太郎は今、目の前に立つ仲間二人の正体が「田辺ゆかり・光彦」姉弟であり——勿論、当人達もその通り自覚《じかく》し、かつ、彼女等はこちらの正体が親友の「井上太郎」と——見抜いた事を知る。

——その裏付《うらづ》け根拠《こんきょ》が、これまたなぜか、

「三者瓜二つ——全く同じ顔立ち」

なのだった。

彼等皆、断じて「物（人形）」でない。

表情や仕草《しぐさ》有り、声を出せるし、「心」も持つ。正しくは、

「生きたキューピー三人」

と、表すべきか。

名前も、太郎の分身が「太郎」同様に「ゆかり」「光彦」――そうみなして良い人間的存在《そんざい》となった末《すえ》、当地《とうち》で対面中。

三人の脳裡《のうり》には、この「変身」及び「出会い」が、人間でいた時点の己を取り巻く、あらゆる環境との符合《ふごう》から理解でき、改めて達成感《たっせいかん》を分《わ》かち合っている。――但し、それらすべて、筋道立《すじみちだ》って説明《せつめい》できない。あくまで情緒的に感知《かんち》し、もたらされた結果を味わいながら過ごす。


程無く、「太郎中心」の、大切な行動手順《こうどうてじゅん》が明確化《めいかくか》する。

休憩施設と反対側の道沿い――草地上。

彼に案内《あんない》され、ゆかり・光彦の姉弟二人共、停車中《ていしゃちゅう》の自転車一台へ駆け寄り、「お客」よろしく〝後部席〟へ飛び乗った。

銀《ぎん》ピカに映えるスマートな新車が、音一つ立てず、

「出発進行《しゅっぱつしんこう》」――――!

何と彼等、車体ごと空中へ浮かぶ。

眼差《まなざ》しに輝《かがや》きを帯びた太郎がペダルを踏むと、自転車はそのまま、地上二メートル近い空間域を軽く、真っ直ぐ前へ進み出した。

高さの上下移動《じょうげいどう》等、自由。

そして空中に、彼等専用《せんよう》の透明な舗装道が敷《し》かれている如く、「二人乗り自転車」が、太郎により初めて堂々と、「白い楽園」から外へ旅立つ。

――あたりは全体が、人里《ひとざと》からポツンと独立《どくりつ》した、広く小高い丘。緑豊かな斜面に沿った低空を「天駆《あまか》ける自転車」一台――橇《そり》のように滑《すべ》り下《お》りて行く。

〈今、実は、真夜中〉――

「白い公園(丘)」の圏外《けんがい》へ出た途端、そこら中、一面《いちめん》の重《おも》い闇と化したが――既に十分、心得ている。

太郎の気持ちは、いつにない清《きよ》らかさで澄《す》み渡《わた》っており、同乗《どうじょう》の仲間二人共、その点で一致――と、確信《かくしん》できる。

幾らか体格上の違いこそあれ、何より自分達はぴったり同じ容貌《ようぼう》のキューピーに各々、変身（進化？）した。ほぼ「三人で一人格を成す」感性の共有《きょうゆう》に、身《み》の上《うえ》まで保証《ほしょう》された心地なのだ。

〈三人寄れば怖いものは無い。さあ、今夜、これからどこへ、何しに行こうか〉

三者三様に高まる意欲――そんな印象が、太郎の心理にも隅々まで自信を沁み込ませ、小さな成功《せいこう》への兆しを、温泉泡《おんせんあわ》のように絶えずフツフツ沸き上がらせてくれる。

一つ一つの行動自体に、自ら瞠目《どうもく》させられそうな反面《はんめん》、規則《きそく》で以て外側から、それらを一方的制限《いっぽうてきせいげん》・禁止する声は、無い。

とにかく、安心《あんしん》――それを保証してくれたのがどうやら、さっきまで居《い》た、あの楽《らく》園《えん》的な高台《たかだい》……？　と、意外な背景《はいけい》をも、うっすら感じ始めている。

それは自転車を発進《はっしん》して急斜面《きゅうしゃめん》を、麓《ふもと》まで滑空《かっくう》し――即ち、丘頂上を離れるに従《したが》い、次第次第《しだいしだい》、認識できるようだった。

〈果《は》たしてあそこは……、実在《じつざい》場所なのだろうか〉

確かに、在《あ》る。しかし誰しも、地図上には書き込めない次元《じげん》の空間として——。

〈今回、ぼく達は、あそこで生まれた〉

と教《おし》えられる感慨さえ抱く。

真夜中の間、ずっと長く——あの丘のみ、上空では暗闇が途切れ、そこからの白い天光《てんこう》に照らされるだろう。

偶然か否か——その現象は、自分達三人共、心がぴったり一致した事により発生した？　そして何より「キューピー仲間」という姿形《すがたかたち》こそ、その奇跡《きせき》を、生きた見本《みほん》として世の中に示すため選ばれた結果に違いない。

——時折《ときおり》、そうした「成《な》り立《た》ちの真相」が、太郎の胸を去来《きょらい》する度、取り立てて関心強くなくても、

〈ぼくらにとり、あそこは、もしかして『家』と同じ——いや、家より大切な〝原《げん》点《てん》〟なのか？〉

と……、次々浮かぶ想念《そうねん》を抑《おさ》えられない。
特別――異例《いれい》の容姿《ようし》に絡《から》めて自分達を問い直したなら、軽い「思考散歩《しこうさんぽ》」は快く、名誉《めいよ》な気分でいられる。

キューピー達三人乗り（空中）自転車は勢い「街」を目指す。

大小無数の建物で埋《う》め尽《つ》くされた日恵市内へ――。都心から相当離れた古い住宅街――曽根町八丁目界隈が、主要目的地《しゅようもくてきち》。


三人共、同じ夢内に登場し、「就寝時間帯《しゅうしんじかんたい》」のみ過ごせる身――と、十分知り得ても、そこは実在する街のど真ん中。

午後九時~十時台で、丁度「夜中」にさしかかった頃。真っ暗な中、三人の目には諸々《もろもろ》が見え、把握《はあく》できる。

「夜行性《やこうせい》動物」と成り代わるに等しい過程《かてい》？

あるいは、あの「丘」のみを、天から包む白く明るい光が、遥《はる》かこの一帯までも幾らか届き、照らしてくれている？　……もし、そうだったなら、その微光《びこう》は、建物の影なぞに遮《さえぎ》られたりせず、万物《ばんぶつ》を透過《とうか》した上で映え続ける性質に違いない。

加えて、彼等自身が発光《はっこう》している、という側面《そくめん》も――。

確か、街人《まちびと》（大多数《だいたすう》は就学前園児達《しゅうがくまええんじたち》）に目撃《もくげき》された際、彼等は闇中で「キューピーさん」と呼ばせる共通した容姿を、皆の記憶に残した。あえて場面位置を特定するなら、

「夢世界での曽根町内」に当たるらしい。

同じ一つの夢を介しつつ、現実――生身《なまみ》の子供がキューピー達と触れ合い、直接影響を受ける。それは、またキューピー当人各々にとり、自分達が「絵空事《えそらごと》」でなく、実在している証となり、双方《そうほう》に利益《りえき》をもたらす関係。

取り分け、「キューピー二人隊」よろしく街の各家《かくいえ》――子供部屋へ、三人乗り自転車で華々《はなばな》しく登場した場面、自転車周囲は彼等一人ずつの輝きが重なり、三倍《ばい》明るく見え出しておかしくない。

「キューピー三人・隊」――自由自在《じゆうじざい》な行動条件に恵まれ、夜空間《よるくうかん》を軽々と浮かんだまま、建物の高さに合わせて街角《まちかど》奥深くへ入り行く。

正しい目的は、そもそも何か？

――主に「田辺ゆかり」が、普段……いや、前々からよく持ち出していた話題を反《はん》映《えい》させているようだ。彼女は丁度、弟＝光彦と似た年齢の幼児達に誰彼《だれかれ》無く、深い関心を寄せがち。

己が鍵《かぎ》っ子――という事への過剰《かじょう》意識《いしき》が、井上太郎他、知り合い達と雑談《ざつだん》する際、保育士や親世代でも中々《なかなか》気づかない、近隣《きんりん》家庭の内情《ないじょう》を語る傾向が有った。

自宅から離れた遠所《えんじょ》含め、彼女自身、先ず一度も見た事無い家々での状況《じょうきょう》。例《たと》えば幼稚園内で一部園児同士、何か物憂《ものう》げな表情で、ひそひそ打《う》ち明《あ》け合う事柄を小耳《こみみ》に挟んだりした後、気懸《きが》かりな心理となり、残《のこ》ったのだろう。それらがどれ位、切実《せつじつ》か――筋道立って理解できないものの、ケースによっては極めて詳しく実態を摑《つか》めた手応えも……。

〈本当に居る心配な子供達を、ぜひ一度この目で、確かめたい〉

——そして、もしできれば、彼等を実地《じっち》に手助《てだす》けしてやれないものか、と、大それた望みまで抱き、じわじわ募《つの》って来ていた模様。

今回、誠《まこと》に異例《いれい》な経過《けいか》ながら「望み」が叶《かな》うきっかけを得られた以上、彼女も同じ夢で変身した仲間にたっぷり力を借《か》り、是《ぜ》が非《ひ》でも難題《なんだい》に挑戦《ちょうせん》せずにいられない。——少女らしいけなげな隣人愛《りんじんあい》がそのまま、太郎含め「三人」の大目標《だいもくひょう》、そして存在意義《いぎ》とまでなっているのだった。

彼等は言わば〝透明人間（人形？）〟頑丈《がんじょう》かつ分厚《ぶあつ》い建物の壁も、傷《きず》一つつけずに通り抜けられる。「物」としての肉体を持たないし、直接「物」を動かす技《わざ》も持たないが、人々（子供達）の意思《いし》に働《はたら》きかけ、その手を通じてなら本当に、物事《ものごと》のあらゆる不自然《ふしぜん》な動きが見え、変化させられるかも知れない——。常々、そういう自負で以て臨《のぞ》むキューピー仲間達。任務《にんむ》とするところは「心の救助隊《きゅうじょたい》」か。

とにかく、自分達固有の特性をフル活用《かつよう》し、生まれてまだ年端《としは》も行かないのに、親から「愛」が十分届いていない子供達を選び、様々な「救《すく》い」で立《た》ち直《なお》らせるべく試みて来た。

中には、本人の真意《しんい》が読めず、ちぐはぐなサービスを提供《ていきょう》してしまった事も少なからず有るが、いずれも次回の改善《かいぜん》に役立つ失敗《しっぱい》だった——と考えて良い。

そうした中で「或る夜・何軒目《なんげんめ》か」の活動内容を、ほんの少し選び、挙《あ》げてみるなら——

（第一例）

曽根町六丁目に住む「佐藤貢《さとうみつぐ》」君。

四歳だが、家や近所・親戚で日常的な言葉を中々、発せられない男の子。

そもそも周りに向け、何か伝えたい意思が有るか否かすら、傍目に分からず、心内を察して貰えない。

ところが、通う幼稚園の一女性指導員《しどういん》によれば、昼食時間の前後等、よく独り言を呟いているらしい。曰《いわ》く、

「園で、私相手なら貢君、これまでも結構《けっこう》、お喋りしてる」との事。当人は、周りの園児から聞こえる声を言葉として理解でき、絵本を読むのも好き。

家へ帰ったら、本よりもむしろ、玩具遊びに熱中する。親が言いつけた事には従い、汚《きたな》い悪戯《いたずら》や癖《くせ》も無い。

只、いつ話しかけても、しっかり反応しない。

「貢」と、名前を呼ばれたら振り向き、同意《どうい》する際は「うん」と答えて頷《うなず》く程度。何をしたいか、不満《ふまん》なのか——喜怒哀楽《きどあいらく》の感情を読めない。家族間で己を、どう位置づけるつもりか？　集団の場では規則通り、皆にちゃんとついて回っているにも拘《かか》らず……。

通常なら幼児こそ一番目立ち、主役《しゅやく》扱いがふさわしい。少々甘えたわがままに、周囲も一時期《じき》、応《おう》じてくれるものだが、貢君から、そんな要求や見栄は窺えない。「己の役割」なぞ、まともに与えられた経験《けいけん》無く——かと言って性格上、自ら脇役《わきやく》を選んだり、拗《す》ねている風でもない。

彼の場合、家庭内で絶えず盛んなやり取りする事自体、煩《わずら》わしいのかも知れない。

しかし親は却って、それを容認《ようにん》しにくい。

一般常識《いっぱんじょうしき》から、

「普通、子供はこう育《そだ》つべき」

といった世間《せけん》の基準《きじゅん》が先立《さきだ》つ。彼が家の中で、何か行いをしくじり、まごまごしていたら、親から（他所の子に引き比べ）、

「口を開けて、はっきり話しなさい」

と、原因《げんいん》を問い質《ただ》され易い。

そこで顔をしかめ、厭々《いやいや》ながら口開いてみても、中から声は出ず——無様《ぶざま》な態《てい》を曝《さら》す結果となる。それがまた、彼への細々《こまごま》した忠言《ちゅうげん》ばかり起こしてしまう悪循環《あくじゅんかん》。

両親共、息子に関し、内心の困惑を隠さない。この年齢時期、言葉面で不自然につまずくようなら先々も、小中学校で周りから誤解され、相当みじめな評価を背負いかねない——と、焦《あせ》り、ついつい悪く捉えるため、茶の間《ちゃま》の団《だん》らんは、やや気まずくな

りがち。

具体的な実態が分からぬまま「心配」のみ独り歩き――家の中で発生する色々な不都合《ふつごう》も結局、本《もと》を正《ただ》せば「貢の遅れ」が起因《きいん》するかに思われ出す。

やがて、そうした〝空気〟を、本人が覚《さと》った時、個人的な誇《ほこ》りどころか、己の存在自体、（世に照らして）問題視せざるを得ない。

毎日、在りのまま振る舞う事を自他共に卑《いや》しめる環境《かんきょう》は、貴重な幼児成長過程の危機かも知れない。


他方、家庭外の特定箇所でのみ、幾らか正常化して見られる等――そちらへ丸ごと逃げ込みたい欲求《よっきゅう》の現れも？

先天的《せんてんてき》な「発達レベル」云々《うんぬん》より、善悪論《ぜんあくろん》で以て、心の病気に追《お》い詰《つ》められたらしい印象が……。


――もし、実際そうなっているなら、貢君に対しては先ず、「園内」だけでなく、やはり家でも――いや元々、家こそが拠り所たる真理を、心身共に教えてやりたい。

親子関係外からも、アプローチは勿論、許される。その方が好都合だろう。

「もう家の中で、独りぼっちじゃない」気持ちを味わい、確認できる体験でさえあればいいのでは？

自分だけの領域に新しく「秘密仲間《ひみつなかま》」が出来た事を、知らせてあげよう――。

そんな「立ち直り」アイデアを携《たずさ》え、「キューピー三人隊」は曽根町六丁目の佐藤宅へ直接、訪れた。

二階――幅狭い木製《もくせい》階段の踊《おど》り場《ば》から、四畳半板間《よじょうはんいたま》へ入室《にゅうしつ》。
昼間、果たしてきっちり雨戸《あまど》を開け、彩光《さいこう》されているか？　小振りな窓の設置《せっち》が、たった一ヶ所に思える。
使い古し物だろう――壁沿いを雑然《ざつぜん》と、家財道具《かざいどうぐ》が並び置かれ、それらに埋《う》もれる感じで、貢君用の小型ベッドは、すぐ見つかった。

午後八時半。

いつも通《どお》りなら、もう眠《ねむ》りに入った頃の貢君。只、今夜、「ぐっすり」とは行かず、いびきをかきながら、口も半分《はんぶん》開いたままだ。

眠る事が快いかどうか、表情から分かり辛《づら》い。

程無く、奇異《きい》な気配に強く反応し、上体を起こした彼。室内あちこちを無造作《むぞうさ》に眺め回す。

不安いっぱい——緊急時《きんきゅうじ》のような落ち着かない中、見知らぬ来客が到着。先ず、二階踊り場手前で、板間上に、ぼんやり輝く自転車一台が停まり、目を凝らしたところ、乗っている子供達は、何と、

「三人のキューピー」

〝運転者〟が一番大柄な体で、白いポロシャツに、薄茶色の半ズボン——男の子の服装。

すぐ後ろの女の子は白ブラウスに、赤い吊りスカート姿。一緒にひっついている一番小さな男の子も、白いポロシャツに紺色の半ズボン——一見して三者共、イメージ似通った身形《みなり》。それ以上に皆、顔立ちがそっくり同じだ。これって一体、何事……？

初体験《しょたいけん》に魂《たましい》を抜かれてしまったらしい貢君。騒《さわ》ぎ立《だ》てせず、じっと堪《こら》えて（？）成り行きを只、見守《みまも》る他無さそう。

そんな相手心理をも見透《みす》かしてか、来客《らいきゃく》達、自転車から揃って降りた後、床上《ゆかうえ》――やや低めの空中を歩き、やんわり近づいて来た。

木製小型ベッドの前半分を左右《さゆう》両側から挟み、太郎とゆかりがそれぞれ盛んに「踊り」を披露してみせる。光彦はベッド上にいて、両側の二人としょっちゅう手をつなぎ、自らも踊りを真似てみるが、大変不規則な自由動作《じゆうどうさ》。

三人皆、微《かす》かな笑顔のまま、両腕を振り上げたり下ろしたり、左右横向きに全身を波打たせたり、また太郎とゆかりの立つ位置を時々入れ替えたり――集まりの「輪」が、ゆっくり回転《かいてん》して感じられ出すような具合《ぐあい》。

貢君は、それら――三人の連携良《れんけいよ》い踊り演技を見せつけられ、最初しばらく、ひどく青《あお》ざめ、両目も開き切り、凍《こお》りついたように表情固まっていた。

起こした上体そのままで、鋭《するど》い呻《うめ》き声も漏《も》らす。彼からすれば自宅内唯一——せめてもの寛《くつろ》ぎ場にて、本物の幽霊《ゆうれい》と出会《でくわ》したに等しい出来事だった筈。タイミング上、「子供部屋」どころか「物置《ものおき》」同然の居住環境《きょじゅう》と相俟って一層《いっそう》、臨場感《りんじょうかん》が煽られた？

只、彼の意識はそろそろ、十分に「夢現《ゆめうつつ》」。

名実共《めいじつとも》、一日が終了《しゅうりょう》する時刻《じこく》を前に、昼間の疲《つか》れも当然、のしかかって来る。今、身の回りで刻々《こっこく》起こる事象《じしょう》をことさら警戒《けいかい》し、真偽《しんぎ》の程《ほど》を探《さぐ》るより、〝幽霊達〟に自ら同化《どうか》して行く「馴れ」の心理がちらつき出した。

それをすかさず察した「キューピー三人隊」メンバーが改めて、貴君を囲みつつ近づく。

他家への訪問時も大方《おおかた》、要領《ようりょう》は同じなのだろう。相手側の態度が異和感《いわかん》や恐怖から、何となく好意《こうい》へ転じる境目《さかいめ》あたりを狙《ねら》い、ようやく正式《せいしき》な挨拶と相成《あいな》る。

今夜たまたま、太郎は訪問相手の名を確かめ忘れていた。予備知識《よびちしき》代わりにゆかりから聞いた事前《じぜん》の裏話《うらばなし》で二、三回、「貢君」の名は挙がっていたものの、いざ出会ってみたら、本人の外見が即、誰かしら特定イメージに結びつかず、たとえ正しく覚えられても滑らかに、

「ミツグ君」

とは、呼びかけられない按配。

一方、当人＝貢君の顔面《がんめん》にはいつしか「生気《せいき》」が滲んで来て、興味津々となりつつあるようだった。今、周りを取り巻く珍客《ちんきゃく》達は「怖《こわ》い」どころか――先程《さきほど》までお互い、実に仲良く手をつないだり離《はな》したり、時々とてもゆっくり「宙返《ちゅうがえ》り」まで披露。園での体操《たいそう》よりもずっと多様《たよう》な、運動と「体光」が重《かさ》なり合うハーモニーで、部屋内隅々《すみずみ》――空気全体まで香《かお》りづけてくれた。

一部始終《いちぶしじゅう》、ぶっ通しで眺め入る内、貢君なりに解釈《かいしゃく》し、状況を呑《の》み込《こ》めた様子。本来、彼等との距離感が思いの外、短い点に芯《しん》から気づかされ、自分も三人に負けず、あわよくば少し位、空中で軽快《けいかい》な踊りを真似できそうな調子――ぜひ、これから試し

たい欲求さえ覗かせる所作《しょさ》なのだ。

もしかしたら近年《きんねん》、殆ど停止《ていし》しかけていた「心の鼓動《こどう》」が今夜、俄然《がぜん》、息を吹《ふ》き返《かえ》した？

口を思い切り開き、お客達に向かってひたすら、何か喋りたがるが、如何《いかん》せん、肝心《かんじん》の声（言葉）が伴《ともな》わず、つくづくもどかしい。

それでも、がむしゃらに吐《は》き出《だ》す勢いで頑張った末、とうとう（実際は生まれて初めて？）、生き生きと期待の込もった響きを帯び、

「キューピーッ！」

と、叫ぶ。

その後、立て続けに、

「キューピ」「キューピィー！」——

自声《じせい》の音色《ねいろ》が無性《むしょう》に快くなり、聴き惚《ほ》れているのか。また気張《きば》って叫《さけ》びかける度、相手三人の体光が冴《さ》え渡《わた》る感触は、視覚《しかく》をも甚《はなは》だ刺激《しげき》しただろう。

正面——毛布上で引き続き、小さな「光彦」キューピーが乗っており、いよいよ彼に抱《だ》きつかんばかり、顔中《かおじゅう》、喜色《きしょく》をあらわにした貢君。

その流《なが》れを——一体どう思ったか、少し制《せい》するような太郎のポーズ。ここはやはり、「リーダーの出番《でばん》」?

先程から太郎は少々——いや、かなり緊張《きんちょう》気味。どこか儀式張《ぎしきば》ったこだわりが、仕種にも垣間見《かいまみ》え始めた。単に、上がっているだけの話?

曲《ま》がりなりに三人励んで来た「心の救援活動」今夜は極めて稀《まれ》な展開から、また、実《み》を結《むす》びつつある。そして、この場こそ、二つと無い「檜舞台《ひのきぶたい》」ならば当然、隊を束《たば》ねる代表者《だいひょうしゃ》の身持《みも》ち(体裁《ていさい》)も、いい加減《かげん》で済《す》まされない、と——。

そうした気負《きお》いを示した以上、できれば仲間二人共、背後の両脇に従える構えで臨みたいところだが……。

ともあれ、訪問者——キューピー三人に対し、受け手として貢君の心証《しんしょう》が落ち着き、もはやこれ以上、好条件を望めない。

そこで、太郎から「自己紹介」に入る。貢君の顔表情を読み取りつつ、やや勿体《もったい》つけ、自らの胸へ、しっかり指差《ゆびさ》す動作を見せた上、第一声《だいいっせい》。

「ボ、ぼ……ぼくは……」

名優《めいゆう》ならば決定的場面の科白なのに、予期《よき》せず日頃の困った癖が先行《せんこう》。水を差された間合《まあい》は「がっかり至極《しごく》」だが、相手もそっくり、こちらを物真似し、

「ぼくは――」

と、本当に喋りかけた。案の定？　やはり、とても際どい正念場《しょうねんば》。

余計な苛立《いらだ》ちを抑え、思い直してもう一度最初から、丁寧《ていねい》にやり直し。

「ぼくは――。ぼくはね、タ……た……」

向かいに立つゆかりが、小声で、

「タロちゃん」

と、数回ささやき、助《たす》け舟《ぶね》を出す中、どうにも要領良くない。意思と発声《はっせい》の具合が

ひどくズレたまま。

これ程、重大時《じゅうだいじ》に太郎、己の本名《ほんみょう》が全然、思い当《あ》たらないのだ。キューピー素顔《すがお》を自覚する余《あま》り、却って——？

無論、皆と同様、自分も、定まった名前の下で暮らす点は心得ている。それを本当に、

「タロウ（若《も》しくは『たろう』）」

と発音《はつおん》して正しいか否か？　ここへ来て前提《ぜんてい》が揺《ゆ》らぎ、言い淀《よど》む。キューピー変身して以降、仲間三人でまだ、お互いに名前を呼び合ったりしていなかった。

——真夜中、うっすら身体輝くキューピー達に囲まれた四歳男児。せっかく心を開き、励ましに応えて何でもやってみたく感じ入った最中《さなか》、降《ふ》って湧《わ》いている不可解《ふかかい》な沈黙《ちんもく》。

業《ごう》を煮《に》やしたか、真ん中の光彦が突然、太郎の肘《ひじ》を抱きかかえるなり、その人差《ひとさ》し指《ゆび》を己へ向け、

「ミッちゃん」

と、言い切《き》る。そして次、同様に貢君の、自身へ向けた指を握り、やはり、

「ミッちゃん」

と、はっきり告げた。

貢君の脳《のう》で、或る微妙《びみょう》な神経作用が起き、自ずと発声を促した？　己の胸を真っ直ぐ指差したまま、

「ぼくは、ミッちゃん！」

と叫ぶ。実質、彼の口から初めて発声される「名乗《なの》り」の瞬間《しゅんかん》だったか——。

その後しばらく、似通ったやり取りの再現《さいげん》と共に小部屋《こべや》中、双方合わせた歓声《かんせい》で包まれる。貢君は、自分が正真正銘「ミッちゃん」なのだと、五感《ごかん》から理解できた様子だが、今度は対面相手も、やはり「ミッちゃん」なのが、逆に不思議らしく、人差し指を光彦へ向けては、

「ミッちゃん？」

と問い直し、表面上の一致理由まで知りたがる素振りが盛んだった。

頭の中で、普段の生活時、父母や園児達・保育士さんから耳に入るあらゆる言葉類も必ずや整理され、有機的に組み合わさり、いずれ、思考を紡《つむ》ぎ出す——。もしかしたら、生涯に亘り閉ざされかけていた言語中枢器官《げんごちゅうすうきかん》——その開閉《かいへい》鍵が、今夜、感性の片隅で丁度、落とし物のように見つかったかも知れない。

幾分、手間《てま》多き再スタートながら今後、彼の身の上は、文字も含めた「言葉の力」が必ず支えてくれる筈。

言語感覚に血が通《かよ》い出した幼児——人々との交わりも本気で臨めたら、信頼につながる。いつしか暮らしの中から、話したり書いたりする歓びが育ち、謳歌しているに違いない。


熱っぽい手応えにホッとしたが、帰り際、呟いたゆかりの一言——。

「そうだよう、

『ぼくは、ミッちゃん』——。

家の中で、いつでも自分を名乗れたら本当に嬉しいね。……だけど、まだ『後《あと》、一《ひと》息《いき》』

あなたの正しい名前は、

『サトウ　ミツグ』でしょ？　間違っても、

『タナベ　ミツヒコ』なんて——絶対、口走《くちばし》らないでよ。私達との関係が全部、バレちゃうから。

きっと、大丈夫《だいじょうぶ》」

（第二例）

曽根町の北隣《きたどなり》——桜井《さくらい》町五丁目。

幹線《かんせん》道路沿いの、ささやかな一戸建家屋《かおく》に住む女児《じょじ》——「澄江《すみえ》」ちゃん。もうすぐ二歳。

母親はいつも、家にいるが一日中、大忙《おおいそが》し。昨年春《さくねんはる》、小学校へ入った姉（長女《ちょうじょ》）

の加代《かよ》ちゃんに、半ば付きっ切りなのだ。

放課後《ほうかご》に通う学習塾《がくしゅうじゅく》や、お稽古事《けいこごと》の教室入口《きょうしついりぐち》まで顔を出し、買物がてら送り迎えの上、一緒に帰って来る。

余程、物覚《ものおぼ》え良い子で、教育面の見込《みこ》みも手伝い、放《ほう》っておけない？　親が熱心なあまり、本人はロクに遊び時間も持てないが、それが当たり前と化してから特段《とくだん》、不満無さそうに過ごす。


一方、妹《いもうと》の澄江ちゃんに、もう一つ育児《いくじ》の目が行き届きにくい傾向。

決して「問題家庭」とみなせる程でない。父は勤め先が遠く、行き帰りの関係から平日《へいじつ》、殆ど家を空けがちだが、休日《きゅうじつ》等、三度の食事は親子揃って、時間たっぷり行う。


只、次女《じじょ》の乳児期《にゅうじき》を過ぎた後、母親はむしろ長女が、学校で上手くやって行けるか――ことさら心配し出した。なまじっか「優《ゆう》」の素質《そしつ》がちらついて見える分、世間体に照らした身の上を考えると切りが無い。

そちらへ重点《じゅうてん》が移り、結果、次女が間接的《かんせつてき》な皺寄《しわよ》せを受けた格好。

以前と比べ、母が澄江ちゃんを見守り、あやしてくれる度合《どあい》はグッと低下《ていか》してしまった。一日の内、畳部屋の片隅で、小布団《こぶとん》に寝かせっ放《ぱな》しの時間が長く、適当《てきとう》に戸外を歩かせたりもしていない。同齢《どうれい》幼児と比べ、運動量《うんどうりょう》が乏《とぼ》しい事は確実《かくじつ》。世話《せわ》する手間《てま》を省《はぶ》く影響等、或る程度考えた上の判断《はんだん》だったろうか……。

長女へ思い入れ過ぎた故？　最近、表情に疲れや、煩わしさが絶えず浮かび、「一家団らん」時すら、それらしく楽しむ余裕を持てない。――そうした母の心理に気兼《きが》ねし、次女もわがままな行動や、甘えた態度は自ずと引っ込めざるを得ない。


僅《わず》かに慰《なぐさ》めをもたらしてくれるのが、午前・午後の「おやつ」時間だった。小振《こぶ》りな「饅頭《まんじゅう》」菓子《がし》が結構、数多く出される。中身はいつも同じ、お気に入りの製品《せいひん》。一見、「お団子《だんご》」風だが、餅《もち》に近い粘《ねば》り気も特徴だ。

微《かす》かに甘《あま》く軟《やわ》らかい舌感触《したかんしょく》がたまらず、毎回、一度口にするとゆっくりゆっくり唇《くちびる》を動かし、味わいながら少しずつ食べる澄江ちゃん――。それがこの上無き楽しみと化した雰囲気《ふんいき》。

小さな両手で丁寧に〝お餅〟を持ち、時には興奮《こうふん》し、目を白黒させる。

その様子から、母親も半ば、

〈申し訳無い〉

と感じながら一方、同時に、

〈この子には、もうしばらく我慢《がまん》して貰いたい〉意識も脳裡を掠《かす》め、何となく現状《げんじょう》に乗っかった流れで暮らす……。

しかし、節制《せっせい》を忘《わす》れた間食《かんしょく》は口腔《こうくう》（取り分け「歯《は》」）や、内臓《ないぞう》の機能《きのう》上、好《この》ましくない。

また、蒸《む》し暑《あつ》い季節《きせつ》なら部屋中、衛生害虫《えいせいがいちゅう》うごめく巣窟《そうくつ》となり得るし、それらから危険な病原菌《びょうげんきん》に感染《かんせん》しかねない。食中毒《しょくちゅうどく》の条件いっぱいだ。

ほぼ一日中、薄暗《うすぐら》い畳部屋の隅に置かれ、親身《しんみ》に話しかけてくれる人がおらず、外出《がいしゅつ》も無理《むり》。

一般家庭並みに、会話や遊び等で様々な情報と接する機会は――？　いや、「成長の舞台」から下ろされ、自己価値に何一つ気づかず過ごしてしまっている。

まだ長期《ちょうき》に及ばないものの、今後、これが果たして「手抜《てぬ》き子育《こそだ》て」と言った程度の印象に留《とど》まるだろうか。全人生中《ぜんじんせいちゅう》、一番純粋《じゅんすい》な時期に、掛《か》け替《が》えない母子《ぼし》触れ合いの世界《せかい》が省略《しょうりゃく》されかけている現実《げんじつ》は、それ自体「不幸《ふこう》」とみなしておかしくない。

「三人・隊」到着《とうちゃく》時、澄江ちゃんは敷布団《しきぶとん》のど真ん中。体半分起こし、尻餅《しりもち》ついたように両足開いたままぺったり座《すわ》り、黙って小さなお饅頭を食べていた。

両手持ちした一個を、ほんの少しずつ、軟らかい口――十分生え揃わない歯で嘗《な》め取るようにかじる。

午後十一時半。

今や、普段の行動面は総《そう》じて、昼夜問《ちゅうやと》わず同じ――他の選択肢《せんたくし》を持たない。

こんな真っ暗な深夜、やはり一人で食べ続ける……もはや、身に宿《やど》った「性癖《せいへき》」なのかも知れない。内なる気持ちは只々、

〈寂しい〉――の一言ではなかろうか。彼女本人、それを表情として出さないし、ま

だ、話して伝える技も持ち合わせない。

朝《あさ》から、丸一日《まるいちにち》経《た》とうとしている。一体何度、睦《むつ》まじく抱き上げられた事だろう？

そのお母さんは今夜も（？）早々《はやばや》、姉の加代ちゃんと、別《べつ》の洋間《ようま》へ引《ひ》っ込《こ》む。

実《じつ》の所《ところ》、こちらでは、反対側（玄関・小廊下沿《ろうかぞ》い）の大布団に、お父さんが同室中。勤めから大変遅い帰宅時、澄江ちゃんも当然、一度、目を覚ました筈。

しかし、平日のお父さんは大抵《たいてい》、毎度、次女がどうしているか、一々覗いて確かめる元気《げんき》無く、消灯《しょうとう》して倒《たお》れ込むように横たわり、早朝《そうちょう》までぐっすり寝入るのが常だ。

小布団の脇の畳上で今夜、瀬戸物小皿《せともこざら》に残ったお饅頭は、たった二個だった。

そんな〝現場〟へ突然現れ、登場したキューピー達三人。

早速、定番でお得意の「半空中舞踊《ぶよう》」を開始。一人ずつ――あるいは仲間同時で、ゆっくり回転しながら、工夫凝らした体操的な動作が目まぐるしく展開。まさしく、

「三者ハーモニー」

と、呼ぶにふさわしい。

三人全員から発する体光の重なり合いで、一時間余りずっと、畳部屋の東半分スペースが映えて、明るみを形成《けいせい》し、くっきり華やぐ。

が、……。

囲まれた前と後で、澄江ちゃん本人の挙動《きょどう》に、何ら変化無い。

別段《べつだん》、違和感《いわかん》を催し、うるさそうに拒《こば》んだりはしないし、また「人見知《ひとみし》り」で背を向ける風でもないが、全然、興味を示してくれないのだ。

――と言うより、単に夢の中そのままの居心地《いごこち》に浸《つ》かり切り、そこですら「食べる」事のみが、即ち生活行為《せいかつこうい》として続く雲行き。

もし、そうなら、キューピー三人連携《れんけい》し、わざわざ「触れ合い」訪問した甲斐《かい》は、一体どこに……?

ゆかりが率先《そっせん》して、もっと近づき、声かけする。

「澄江ちゃん、お饅頭、美味しい？」

――相手から、受け答えは「0《ゼロ》」

無論、明らかに美味しいから〝密着《みっちゃく》〟したがるのだろうが、たとえ一日以内でも舌が長時間、旨《うま》い味覚《みかく》を維持《いじ》できる道理は無く、さりとて、

「食べ過ぎちゃ駄目」

「虫歯《むしば》になったら怖いよ。明日《あした》から夜は、お母さんに歯を磨《みが》いて貰い、すぐ寝なさい」

――等と、注意したら途端に、隠《かく》れた感情《かんじょう》を刺激し、顔付きが暗く変わってしまう予感も……。


彼女の場合、必《かなら》ずしも救援者を待《ま》ち侘《わ》びておらず、あくまで「傍目」に、ひどい疎《そ》外《がい》感を漂《ただよ》わせて映る――と、考えられなくもない。

太郎と光彦は、ゆかりのすぐ後ろから取り巻いて覗き込み、そわそわと、相手の動《どう》向《こう》を見守る他、対応《たいおう》が取れない。

結局、キューピー達、否応無《いやおうな》く「踊り」を再開《さいかい》した。畳部屋の半分スペース程——一時的に仄明《ほのあか》るい深夜《しんや》空間で、三人の演技は先程と段違《だんちが》いに才気《さいき》がみなぎる。水平方向《すいへいほうこう》のみならず、上下前後《じょうげぜんご》回転——時たま、室内の空中で浮かんだまま静止《せいし》したり、両手足を縦横《じゅうおう》に開閉《かいへい》・曲げ伸《ま の》ばしする複雑《ふくざつ》な大技《おおわざ》も取り交ぜて——。仲間全員、息の合ったリズム感は、或る種「花火大会《はなびたいかい》」にも通《つう》じる多様な色彩《しきさい》を放《はな》ち、見事な演出《えんしゅつ》。まさしく感動《かんどう》の域《いき》。

情熱的《じょうねつてき》なクライマックスを迎えた、キューピー「回転舞踊」咲《さ》き乱《みだ》れる色光の輪——。

ど真ん中で只一人、尚《なお》も一切、新たな動き無く、同じ前方を向いたまま、お菓子食《ぐ》いのみに終始《しゅうし》する二歳前の女児。

仮に第三者が居合《いあ》わせ、眺めた場合、甚だ奇異《きい》なる光景だったに違いない。

踊り三昧《ざんまい》の三人。熱心なのは自分達だけで、肝心の澄江ちゃんからすれば、皆が一体なぜ（私の、何を案じて）、寝間《ねま》まで集まり、温《あたた》かく景気《けいき》づけてくれたか、さっぱり分からない――そんな真情《しんじょう》に、ふと気づかされたらしかった。

いや、それどころじゃなく……。

たとえ「夢」次元であれ、訪問者の姿自体、澄江ちゃんの目に未だ全然、見えていないのか、と――！

従来《じゅうらい》、他所でたっぷり試《ため》し、培《つちか》って来た独自《どくじ》の接し方が、ここではどうも通用《つうよう》しない？

〈しかしそれが、偽《いつわ》らざる現実。

ならば……〉

〝作戦変更《さくせんへんこう》〟を余儀無《よぎな》くされている。今や、事は急《きゅう》を要す――。


何を思ったか、パタッと踊りを止めたゆかり――、まだ布団脇の瀬戸物小皿に一個だけ残っている饅頭をつまみ上げ、そのまま、どこかへ走《はし》り去《さ》った。

程無く、皆の所へ帰って来た彼女の手に、やはり、さっきの饅頭一個が……。

何とそれは、ほんのり輝いている。キューピー達の、全身を包む光が一部、分かれて移ったかのよう。

材料《ざいりょう》未知《みち》な半生《はんなま》菓子（？）と化《か》していた。彼女はそれを素早《すばや》く、元在《もとあ》った小皿へ戻す。

見込んだ通り、澄江ちゃんはとうとう、〝今日最後《さいご》の一個〟に、手をつけた。いつも通りうやうやしく丁寧に、お饅頭を両手で持ち、口へ近づけるとゆっくりゆっくり、少しずつかじり取って行く。

〈これが『今日最高《さいこう》の食事』でありますように――〉

ゆかりの、祈《いの》る気持ちも一入《ひとしお》だったろう。

幸い、相手は順調《じゅんちょう》に食べ進み、至極旨そうだ。新たな味覚と出会い、じっくり満《まん》喫《きっ》中？

その間、体内消化《たいないしょうか》も始まった故か――澄江ちゃんの全身までが、あの淡《あわ》い光を帯びて見え出す具合。

やがて、畳部屋内に、乳幼児特有の鈍く張った声が響く——澄江ちゃんが、盛んに笑っているのだった。

彼女はいつの間にか、徐《おもむろ》に立ち上がっていた。

「エヘヘーッ、エヘヘヘッ……」

と、芯から楽しそうな笑いを洩《も》らす。何か見聞きした事への反応としてではない。むしろ自分自身の動きを、自分で特別、面白可笑《おもしろおか》しく感じ、

〈私は今、ここで、こんなに元気良く遊んでるよ〉

と、周りに知らせずいられない。動作を色々変える時も、その都度、思わず笑いが湧き出て来る風なのだ。

何より嬉しい自由自在な体感——。少し位、空中へ浮かべそうな「軽さ」すら覚えてもおかしくない調子。

そして今、彼女の目にキューピー達の姿は？　……きっと見えているだろう。

小布団の上で、じっと立っているかと思えば急に、ヨチヨチ歩き——いや、トント

ン跳《は》ねながら駆け回ったりし、まるで先程まで身辺《しんぺん》で、縦横無尽《じゅうおうむじん》に展開した「キューピー舞踊」を思い出し、一生懸命なぞっているイメージに近い。絶えず満面《まんめん》の笑みを浮かべるが時々、もっと表情を崩《くず》し、高い金切り声《かなきごえ》も交じる。

また、気に入った動作は感覚を確かめるように、何度も繰り返す。

それらすべて、断《だん》じて「独《ひと》り善《よ》がり」でない。己の姿――顔や動作を見せ、勿論、声も届かせたい相手が唯一人――お母さんである事は言うまでもない。

反面、キューピー達一同《いちどう》、驚愕《きょうがく》させられたのでは？　――どう考えても過度《かど》に自閉症的《へいしょうてき》な幼女《ようじょ》――気休《きやす》め半分の意味合いで貰う小さなお饅頭を、盛《も》られた小皿から少しずつ、一日かけ食べ続ける事を貴重な慰めとした澄江ちゃん。その本人が、今や屈託《くったく》無く、小布団上ではしゃぎ回る。

歓《よろこ》びの表現――いや、もしかしたら物事に対する感じ方まで実際、変わり行く気配？

しかも、決して過去《かこ》を自己否定《じこひてい》したり、「弱《よわ》い自分」に打《う》ち克《か》とうと構《かま》える話でない。

あくまで、すべて在りのまま――あの澄江ちゃんがいるのだ。いつも通り食べたお饅頭一個に、たまたま「本物の栄養（？）」が、巧《うま》く宿り、消化され、心身両面に行き渡った結果、こうなった……。

これまで、美味しくて止《や》められず、幾ら食べたとしてもお饅頭自体は、幼い体内を「物」として通り抜けるだけ。片や情緒面等、殆ど満たされない分、余計、摂取量《せっしゅりょう》ばかり求めさせ、衛生上も具合悪くなりかけていた。

現実問題として澄江ちゃんに相当、欠乏《けつぼう》していたのは「心の栄養」と診《み》られる。毎日、定時《ていじ》の御飯《ごはん》だけで満腹《まんぷく》していないように見えたため、親も悪戯に間食させがちだった？　なのに――いや、ますますひもじい生活感を、他所目《よそめ》に漂わせた理由はやはり、「美味しい」時、美味しさを思い切り表現できる場の激減《げきげん》か。

半ば止むを得ない事情の下、家庭内の立場がごまかされ易い間食でもあった。

今夜食べた、あのたった一個にこそ、本来補《おぎな》うべき栄養素《えいようそ》が濃縮《のうしゅく》され、詰《つ》まっていたのではなかろうか。

彼女は世にも稀な「心の食事」を実体験《じったいけん》し、先天的に備わる自己固有の生気《せいき》を刺激されたのだ。

無心《むしん》にかじり出した瞬間、それは口元《くちもと》で幾つか、きつい煌《きら》めきを生《しょう》じ、程無く穏《おだ》やかに薄まり、広がった。全身隅々まで〝栄養〟が行き渡った証？


まだ二歳前とは言え、過去――生まれてこの方、澄江ちゃんにこうしてやんちゃな、機嫌《きげん》良い態度の一コマが、どれだけ有ったろうか。実の所、彼女が常々欲しいのは「物」としてのお菓子よりも、一つ一つ、そこに込められる愛情《あいじょう》だった。

赤ちゃん～乳幼児にとり、母親の心をも分けて貰える時が「本当の食事」であり、最も有難く、安心。それはどれだけ沢山受けても「過ぎる」事が無い。

だから、辛《つら》い場合のみならず、楽《たの》しい状況にても己の気持ちを、先ず母親に知らせ、一緒に喜《よろこ》び合いたい。言葉に置《お》き換《か》えて伝えられない分、表情や仕草から、〈あなたの、とても大切な〉私が今、ここにいるよ〉――

との発信で、しきりに声を上げ、動き回ったりする。

澄江ちゃんが、目の前のここで実際、俄《にわか》にはっきり認識し出した「母子関係」一方、それを正面から受け止め「ゆかりキューピー」は、今夜限りであれ母親役を、しっかり務《つと》める姿勢《しせい》。相手が本気《ほんき》だと覚《さと》った以上、もう迷《まよ》わない。お互いの価値を信じ切れる真心《まごころ》、そして責任《せきにん》も伴う奇縁《きえん》——持《も》ち前《まえ》の自信《じしん》で「成功《せいこう》」へ向け、導《みちび》いてやりたい——。

澄江ちゃんの小さな身体に新しく記憶された「心の味覚」は、いずれ、母親に——危うく忘れかけていた次女との一体性《いったいせい》を呼《よ》び醒《さ》まし、長女の件でも「心配《しんぱい》」が、「信《しん》頼《らい》」へと順次《じゅんじ》、入《い》れ替《か》わって行く転機《てんき》をもたらすかも知れない。

——キューピー三人、ふと振り返ったところ、いつの間にか澄江ちゃんは枕《まくら》の位置《いち》で転《ころ》がり、もう目をつむっていた。

恐らく過去に無い位、思《おも》う存分《ぞんぶん》動いたため、当然、疲れも早目《はやめ》だろう。その顎《あご》の下まで丁寧に、柔らかい毛布《もうふ》を、そっと被《かぶ》せてやるゆかり。

〈お休み。
これで今夜はようやく、ぐっすり眠れる筈——〉

（第三例）

日曜日の大怪我《おおけが》で一ヶ月近く入院《にゅういん》し、主《おも》な治療《ちりょう》が終《お》わった現在、まだ全然、本調《ほんちょう》子《し》に遠く、浮かない顔で日々を送《おく》る小学二年生の男の子——「敏行《としゆき》」君。

怪我の原因は交通事故《こうつうじこ》。——と言っても、最近、何とか思い通り乗りこなせ出した自転車が、車道《しゃどう》沿いの段差《だんさ》に引っかかり、直後《ちょくご》、急走行《きゅうそうこう》したまま横断歩道上《おうだんほどうじょう》で横《おう》転《てん》。路面《ろめん》に全身《ぜんしん》、強く打ちつけられた。

骨折《こっせつ》こそ免《まぬが》れたものの、頭皮《とうひ》・顔面《がんめん》から膝小僧《ひざこぞう》に至《いた》るまで、あらゆる部位《ぶい》をひどく擦《す》り剥《む》き、服は血《ち》だらけとなった。

学校を初めて長期間《ちょうきかん》休み、今、不安《ふあん》いっぱいなのは明らかだろう。事故に関しても自転車運転の要領が、まだ「人並《ひとな》み」でなかったから――と、己のみ責《せ》めてしまう。

小学校教室内の敏行君は明朗《めいろう》、かつ面倒見良く、友達関係は良好《りょうこう》。また成績《せいせき》等「上位《じょうい》」イメージの故か、一年生時、早速、学級委員《がっきゅういいん》に選ばれたりした。テストの点数《てんすう》や、先生受けを自覚した上、周りのクラスメイト達にハキハキと自己表現できる彼。少年同士並べば見映えする体格《たいかく》の割《わり》に、意外な弱点《じゃくてん》が……。

それは体育授業《たいいくじゅぎょう》でも、遊び時間でも「駆けっこ」の競走《きょうそう》をしたら、トップにはなれない――どころか「ビリ」近くが目立ち、陰《かげ》で笑い者にすらされがち。たわいない事柄だが彼個人にとり、これが常日頃《つねひごろ》、解決《かいけつ》を急ぎたい問題なのだった。

放課後、グラウンド片隅で一定時間、「走り込み」練習する様子がよく目立った。もっと真剣《しんけん》なのが最近、クラスメイト間で流行り出した、「自転車遊び」――。

〈この分野《ぶんや》でも後《おく》れを取る――なんて事は絶対、許されない〉

と、意を決し、親にねだり買って貰ったのが、子供向けでもかなりの良品《りょうひん》。

以後、毎日のように必ず自転車で、近辺《きんぺん》地区を一回りすると、主に休日、田園《でんえん》や農村風景を求める遠出が、半ば習慣となって来た。


――あの日曜日、午後二時頃……。

敏行君は郊外《こうがい》から、やや長時間かけ自転車で戻って来る途中。

真っ直ぐ長く、幅広《はばひろ》い車道の端寄《はしよ》りを高速で通り抜ける他所の一台に、目が釘付《くぎづ》けにされた。

オートバイ並みに、あくまで車道内を利用《りよう》。かつ、両足の回転は規則的動きが安定し、如何にも軽快。

己と同年代か？　明らかに小学生らしい乗り手の〝横顔〟が眩《まぶ》しくてたまらず、位《くらい》負《ま》けせぬよう、

〈こちらも――！〉

と、ペダルに全力《ぜんりょく》かけ、踏みしめる。間《ま》も無《な》く歩道上《ほどうじょう》で、超加速《ちょうかそく》できた。

「晴天《せいてん》サイクリング」の、のどかさなぞ、そっちのけの意地《いじ》と、こだわり。

何か抜《ぬ》き差《さ》しならぬ対決《たいけつ》関係に臨んだ気概《きがい》が伴い、どんどん突《つ》き進《すす》む。

しかし彼の目に、相手の後ろ姿しか映らなくなった時、己一人を自転車に乗せたまま運《はこ》び続ける平衡《へいこう》感覚は、殆ど麻痺《まひ》してしまった。


一メートル以上の高さから投《な》げ出《だ》されて直接、車道面へ激突《げきとつ》。通《とお》りかかった大人達《おとな》に介抱《かいほう》され、何とか意識を戻す――。

救急車内《きゅうきゅうしゃ》の敏行君は、まるで自身を恨《うら》む表情でひどく意気消沈《いきしょうちん》し、何を聴かれても一切、答える気力《きりょく》が無かった。


「大橋病院《おおはしびょういん》」――入院病棟《びょうとう》の一室を、夜半《やはん》に訪れたキューピー「三人・隊」

今回は、「前置《まえお》き」めいた踊りなぞ一切やらずに省《はぶ》き、お互い夢現状態のまま敏行君を、ベッドから下ろして立ち上がらせ、そのまま浮かんだ。

〝空中散歩〟よろしく皆で、一緒に戸外へ出発。自分達の活動拠点《きょてん》――「白い丘」の頂上まで連れて行く。

そこでは、視界《しかい》いっぱい広がる公園風景を、一招待客《いちしょうたいきゃく》にたっぷり見物《けんぶつ》させた。

敏行君を自転車にもう一度、思い切り馴染ませるのが主な目的。

園内は広々とした草地。緑豊かな広葉《こうよう》繁る雑木林《ぞうきばやし》に沿って周遊路が囲み、一本つながった全体は、ほぼ楕円形《だえんけい》だ。

最初、太郎が、後部席に敏行君一人乗せ、いつも通り、同じ楕円コースを何度も、グルグル循環《じゅんかん》していたが、そのスピードが桁外《けたはず》れに思えたのだろう。或る時点《じてん》で太郎は、

「一度、漕がせて欲しい」

と、強く懇願《こんがん》され、あっさり「席交替《こうたい》」

敏行君に運転を任《まか》せてみる。

案の定、彼は興奮気味。ハンドル握《にぎ》る上体《じょうたい》も凄い前《まえ》のめりとなり、両足のペダル

回転数を極力《きょくりょく》増して速《はや》まる度、真後ろで見守る太郎を振り向き、喜色満面《きしょくまんめん》。

〈ぼく、やはり、一流《いちりゅう》の『自転車乗り』に憧れてたんだね〉

と、実感を伝えたがっているような……。

彼の心底《しんそこ》に、つい先頃、愛用自転車で自ら、とんでもない恥曝《はじさら》しや傷《きず》の痛《いた》みを被《こうむ》り、家族のみならず、学校や社会にまで迷惑《めいわく》をかけた悔《く》いが、痼《しこり》として残るのは否めない。

しかし、自転車につきまとう屈折《くっせつ》した気持ちなら或る面、太郎も共通しており、できれば敏行君が自暴自棄に陥《おちい》らぬよう、人格丸《まる》ごと、補強《ほきょう》してやりたいだろう。

これを機に、手放《てばな》しで祝福《しゅくふく》する。

「も……もう、これから、キ……きっと上手く行く。退院《たいいん》できたら、す……すぐ試してごらん。

本物のジ……自転車に、また絶対、乗れ出すからね。一つだけ、ワ……忘れないで。

漕ぎ方はゆっくりでも、ゼ……全然、構わないんだよ」

「白い丘」頂上の緑地公園にて、様々な高度《こうど》変化と併《あわ》せ、周遊路を何回も何十回も（半空中）自転車走行し、必ずや堪能《たんのう》できたであろう敏行君――。

次にそのまま、丘から「とんぼ返り」で戻り、街の方へも行ってみたい素振りを滲ませた。そこには勿論、この間まで身の回りで重なった出来事を噛《か》みしめ、予防《よぼう》的な自制《じせい》が働《はたら》いてしまう向《む》きもちらつく。

例えば流行最先端《りゅうこうさいせんたん》の機器《きき》をミス無く操《あやつ》り、「人より速く」の信条《しんじょう》が叶った時、単にそれ自体を誇れるとは、もう思えない。

ここで、もしキューピー仲間の一員に加えて貰えたなら、いずれ「世話好き少年」として、本来《ほんらい》望ましいやり甲斐も芽生え、形だけでない「生《なま》」の希望を掲《かか》げる事が出来、新しく出会う人々から喜ばれるのではなかろうか。

それこそが「幸せ《しあわ》」を意味する――とも、秘《ひそ》かに感じかけていたようだ。

別《わか》れ際《ぎわ》、敏行君は、並んで見送る三人を前に、感謝《かんしゃ》し、後《あと》、名残惜しそうな面持《おもも》ちでつけ加える。

「本当は『実物』より、この自転車の方がずっと好き。空中へ浮かび、いつ、どこへでも駆けつけられるなんて――知らなかった。

ぼくも、助けて貰う人じゃなく、皆のように人を助ける役を目指さなければ……。いつか、きっと――自力《じりき》で、ここまで登《のぼ》って来たいよ」

正面から今一度、決定的なはなむけの言葉を告《つ》げようとする太郎に、ゆかりも〝援《えん》護射撃《ごしゃげき》〟

「凄いわ！　この子、モノになりそうじゃないの。

自転車だけじゃ足りない。他の作法《さほう》も、どんどん教えてやろうよ。先生となんか、しばらく会えなくたっていい。私達が臨時《りんじ》に『教育係《がかり》』を引き受けるべきだと思う」

こんな風に盛り上がった時、太郎自身いつも、

〈あれ以来《いらい》ずっと、夢の中で皆とつき合い続けて、本当に良かった〉

と、つくづく感じ、己に言い聞かせる。

現時点、たとえ「小さな親切や満足」供給《きょうきゅう》の連続《れんぞく》であっても、過去、何十人と接

して来た幼児達一人一人にどれ位、これから希望《きぼう》の芽《め》が育つよう仕向《しむ》けられたか――予測《よそく》すれば期待のみ広がり、限りない。

また、そうした切なる想いを、仲間二人に生のまま伝えられる場が用意されていたら……何か優《すぐ》れた知恵《ちえ》や演技に頼らずとも、体全体で以て――。

彼の場合、最適手段《さいてきしゅだん》が即ち、この毎度同じ一台――「空中自転車」に三人乗りで、やや低く浮かんだ位置から思う存分スピードアップし、あらゆる場所――できれば後部席の二人が望む通りの行先へ「ツーリング」で、お連《つ》れする事だった。

3

太郎――「天駆ける自転車」による夢内走行。

そこは道幅広く、路面条件も完璧《かんぺき》な、文字通り「自転車用高速道路」

他車と（自動車は元より、同型の自転車類も含め）、擦れ違う機会さえ無い。この三人専用の自転車道路。そして「選ばれた主役」は、間違い無く太郎だ。お喋り始め、人づき合い一般を苦手とする彼だが、その分、ここでは仲間に対し或る意味「後ろ姿」で以て色々、自己表現でき、それが直接、相手に伝わって行く手応《てごた》えも実感。

予《あらかじ》め行先が決まっていないような場合は、太郎の独壇場《どくだんじょう》となる。当地方全体の詳しい地理《ちり》——土地《と》勘《ちかん》など持ち合わせておらず、その場・その時、彼が好む方向へペダルを踏めばＯＫ。漕ぎ足はいつも、頗《すこぶ》る軽い。

半ば「空中」にて視界が広がる条件下、望んだ通りの走行運転を仲間内で御披露目《おひろめ》できる檜舞台に等しい。構造確かな「透明道路」が、あたり一帯を縦横無尽に張《は》り巡《めぐ》らされている按配。

スピードの自在感が、とにかくたまらない。両足の回転運動量とは必ずしも比例《ひれい》せず、むしろ気持ちに力を込めてから高速状態に移れる。

尤も、空を飛んでいる感覚は薄い。

「飛ぶ」場合、重力《じゅうりょく》に逆《さか》らっており、例えば羽《は》ばたきを止《や》めたら即、落下《らっか》し始める怖《おそ》れを伴うが、この自転車だと〝道路〟上でさえあれば空中静止も、水平（前方）移動も望み通り可能。「見えない路面」が常時、重力を吸収《きゅうしゅう》し、安定させてくれる。

太郎独自の、一番お好みコースとは――？

先ず「町外れ」を目指し、さらに郊外へ向け、どんどん遠出して行く「小旅行」ささやかながら、それこそが彼にとり生活時間中の、刺激的な領域。殆ど自由に活動を重ねる内、いつしか芽生え、育っていた並々ならぬ意欲や情熱が「本物の生き甲斐」へと、高まる予感を彼は抑えられなかった。

そこにはやはり、同乗者《どうじょうしゃ》――仲間二人との連携が、欠かせなく大きい。

ゆかりは全面的な応援姿勢《おうえんしせい》。光彦も時々、後ろから突然、歓声を上げる等、壮快感《そうかい》が察せられる。

〈皆、楽しいのだ、きっと本気で……〉

太郎の内面には、彼等を己の手で何とか、夢内の幸せにたっぷり浸らせたい意思が毎回、より募り、本格化して行く。

その動機《どうき》は、仲間を芯から喜ばせられたら、それが即ち己の信用をも保証される関係であり、実現手段が唯一、

「空中自転車運転」のみ――

と、改めて覚らされる心境。

「小旅行」先――としての関心自体、広い町域あらゆる方面へと向けられる。その都度、各所の土地柄《とちがら》から見聞を養《やしな》い、一方、暮らしている人々に、自分達の仲良い姿を直接知らせ、触れ合えるよう努めたい。
元々――生来、集団行動への不適応《ふてきおう》を抱《かか》えながら、少数仲間で一体化し、広い自然が舞台背景となれば逆に、自らを主体的《しゅたいてき》な役に位置づけ、専《もっぱ》ら〝男らしく〟立ち回りたがる太郎だった。

毎回、決まって出発点となる小高い丘。

――なぜかそこは、上空部分のみ夜空にぽっかり、穴が開いたように白く輝き、明るい。その、或る種「白い陽差し」が届く空間なら太郎は、どこへでも短時間で行き着く自信が有った。

どちらが東で、どちらが西――と、測《はか》ったように正しく把握できはしないが、あたかも「体内時計《たいないどけい》」的な感覚から、町景《ちょうけい》や空に先ず、主方角《しゅほうがく》とみなす「北」を見定《みさだ》め、それが目安《めやす》となり、小さな旅は順次《じゅんじ》、展開して行く。

前々より想いに、強く秘められた願望《がんぼう》も表へ出て来ていた。

それは「郊外ツーリング」の際、未だ全く知らぬ自然領域＝海を目指す事――。

やがて太郎は自転車旅の、かなり無理気味なスケジュールを組むようになった。

いきなり、「ここは郊外」と分かる地点へ〝着陸《ちゃくりく》〟し、そこからまた同じ方向へ、どんどん遠く離れて行く。全速力《ぜんそくりょく》で飛ばす事が、何より優先的《ゆうせんてき》な前提。

そのため、従来通り街中の家々をあちこち訪ね回ったり、最終――出発点である丘の上まで戻れない場合が多くなっていた。

それでも別段、彼にとっては大丈夫。只々両足に力を込め、思い切りペダルを漕げば、大空をゆったり進む鳥そのものの自由さで、浮いたまま高速運転している体感がたまらないし、そうやって中空《ちゅうくう》位置をどこまでも「飛行《ひこう》」中、疲れ切って目が覚めたら、そこは布団に包まれる自宅の寝間——という好都合な環境設定《せってい》。

人間として「本体《ほんたい》」の方は十分安らぎ、癒《い》やされている筈。


彼は常々（空中）自転車旅で、せめて一度位、海沿いの地を突っ走ろう——と、切に望みかける信念を捨てられない。

遠方運転中、豊かな水辺《みずべ》へ出る機会は過去、少なからず有った。それらすべてに関し、

「ここは、海」

と、断言《だんげん》できる決め手が乏しい——。何か本能《ほんのう》で以て感知《かんち》させられたなら、それに越《こ》した事は無いが。

実景《じっけい》に臨んだ記憶意識を持たない負《お》い目《め》か、向こう岸《ぎし》が見えない位、遥かな水域《すいいき》ま

で眺め渡すような場合でも、波が穏やか過ぎて思えた途端、
〈これは、もしかしたら広大《こうだい》な湖《みずうみ》……？〉
と、疑ってしまい、結局、付近の風土《ふうど》――集落や、地形特徴と関係づけて手掛《てが》かりを求めている内に終わる。

おぼつかない条件下、一度だけ「水辺＝砂浜《すなはま》」上を吹《ふ》き流れる風量《ふうりょう》から、普段と異なる著しい符合《ふごう》を認め、

〈ついに、我が生来の使命《しめい》が達成《たっせい》される〉

と、有頂天《うちょうてん》だったものの、それを口にできなかった。

きっと、本物の海を見た経験有るゆかりが、後部席から一緒に反応（感激《かんげき》）してくれていたら、最高の「お墨付《すみつ》き」だったろう。

――そんな日が、早く来て欲しい……。

時として熱く沸き立つ太郎固有の願いも、内実《ないじつ》そのままを正直に示せていない。

そこは仲間各自が納得できる形で成就《じょうじゅ》させたいが――。自身は、未だ価値が定ま

らない目標へ向け、連日（連夜）、自転車漕ぎをひたすらスピードアップさせ続ける営み。

彼の日常観は、そうやって段々「空中走行」する快適さに特化《とっか》して行き、半ば一色に塗《ぬ》り潰《つぶ》されたスタイルと変わったのだ。

ゆかり、光彦共々、当然、太郎に縋《すが》り、三者一体のツーリングが心から楽しいに違いない。


——しかし、この件、やはり太郎独りにとってのみ、天分《てんぶん》を発揮《はっき》できる拠《よ》り所《どころ》なのだった。

そこにて、もはや当初の〝仕事〟——町内の若夫婦世帯が住む家々を一軒一軒訪ね、家庭内外《ないがい》の困《こま》り事《ごと》と隣合《となりあ》わせな幼児達に、救いの手を差《さ》し伸《の》べる試み——が、あまり考慮《こうりょ》されていない。何せ、自転車活用範囲の選び方はすべて、運転者たる太郎の気持ち次第。

出発点＝「白い丘」にて、後部席に仲間二人を乗せるや、太郎は何もかも忘れたかに郊外へ向け、高速走行を始めてしまう。行先等、前以て仲間に相談や打ち合わせしないから、別件《べっけん》への注意を促される場面が無い。

無論、夢内の一定時間、太郎が全力で（？）「皆のため」漕いでくれる自転車により、毎度異なる趣・規模の周辺風景と対面――同乗者も気楽《きらく》についていて行くだけで一応《いちおう》、満足でき出した――と、見られなくもない。

こうした過ごし方自体を、ゆかりがどう捉《とら》えているのか――、太郎には正しく分からない。確かめる余裕《よゆう》も無かった。

夢内活動の初期、キューピー達皆、必ずと言っていい位「幼児訪宅」に明《あ》け暮《く》れていた。特段、厳《きび》しい事情無くとも周りから、一人見放《みはな》されてしまったような赤ちゃんや、ヨチヨチ歩きの子の前へ毎晩繰り返し、揃って現れ、昼間から沈《しず》み込《こ》んだ空気をフッ飛ばす面白さで「本物の友達」となり切り、時には長く一定期間《いっていきかん》、一緒に遊べた。乳幼児・キューピー三人の双方が喜びを得られ、分かち合える貴重な場。――誰よりもゆかりが毎回、太郎に働きかけ、モノにした成果《せいか》だった。

そこには「本体（人間としての姿）」である田辺ゆかりが以前、勤め人の母に代わり、放課後、まだ大変拙《つたな》い弟を保育園から、家へ連れ帰っていた習慣等により、母性感覚の芽生えも加わった事だろう。

また幼稚園や保育園内で、時たま垣間見えるのが、自分達よりずっと貧しく、みじめな境遇《きょうぐう》らしい園児の「影《かげ》」——実態は恐らく千差万別《せんさばんべつ》……。日頃、ぼんやり物想ったりする際、気になり出したら、真摯《しんし》な救済欲《きゅうさいよく》を抱《いだ》かせておかしくない。そんな動機まで、太郎に理解し得ただろうか？

深い所はさておき、二人ぴったり息を合わせて面会《めんかい》し、人知れず独り言代わりの泣き声を上げる赤ちゃん達に、次々、現実の笑顔が戻るよう導き、施《ほどこ》した行為は、自分達の子供生活上、最も気高く感じられ、各件いずれも、後々《のちのち》一生涯残る思い出として記憶された筈。

その訪宅時に、必ず使《つか》う移動手段《いどうしゅだん》だった空中自転車。

何とはなく「白い丘」と呼ぶ定置場から毎度、発進。グライダーが急降下するような勢い、ささやかな下町集落へと向かい、着いたら早速「お仕事」に取りかかれる。

そして当日《とうじつ》目標を達成後、「三人乗り自転車」はまた軽々《かるがる》と浮き上がって「白い丘」へ戻り、三人申《もう》し合《あ》わせた如《ごと》く、そこで流れ解散《かいさん》していた。

活動用途《ようと》に段々、郊外走行が多く占《し》め出すと皆、心奪《こころうば》われ熱中した。

こちらはいつも、太郎が本腰《ほんごし》入れて仲間二人を先導《せんどう》。ゆかりも、すぐ後ろ席で大いにはしゃぎ、スピードアップを求め、煽り立てる声援《せいえん》が目立った。

白く明るい夜――夢内で、空中自転車三人乗りは、いつしか空中走行ばかりに時間を費《つい》やしてしまい、毎回、より遠方を目指す傾向の故、最終《さいしゅう》――「白い丘」へ戻って気易《きやす》く別れる過程《かてい》も、自ずと省略されがち。

それら色々な側面《そくめん》も踏《ふ》まえ、営みの在り方を客観的《きゃっかんてき》に省《かえり》みて、自己検証《じこけんしょう》できる場は？

……一つとして無い。

もし、

「小さい子のお家《うち》を見回る方が先でしょ」

と、ゆかりから真顔《まがお》で注意されたなら、太郎の性分だと即、我《われ》に返《かえ》り、最近幾らか暴走《ぼうそう》気味だった旅先選びを、軌道修正《きどうしゅうせい》できたに違いない。
彼にしてみれば単純《たんじゅん》に、ゆかりが喜んでくれる良い関係を極めたい一心で、
〈もっと、もっと……〉
と、半ば冒険的《ぼうけんてき》な試みにのめり込んでいた。こちらの方が、一人一人見知らぬ幼児を前に、心理救済する務めより楽なのは明らかだし、「慈善奉仕《じぜんほうし》」の習慣を、そろそろ一休《ひとやす》みしたい空気が漂いかけていた。

もう、本来目標まで十分、達成されている——各自、そう評価できる程でもなかろうが、以前と比べ「訪宅」の尊《とうと》い意義《いぎ》自体、相当薄《そうとうう》まっており、何事か急を要する状況等、特に窺えない——。

そして、やがて「郊外走行」すら、そうしょっちゅう催される話でなくなって来た。

太郎自身、その有様《ありさま》に、どうこう考え及ぼしたりせず、ごく時たま、気づいたら後ろ席に仲間を乗せ、一生懸命自転車ペダルを漕いで、空中高速運転中の場面に嵌まっている——といった格好。

過去より何百回目かに当たり、立派に主役を務めている点も、重々承知《じゅうじゅうしょうち》済《ず》み。只、その外見——容貌や体形が、仲間含め三人共、依然《いぜん》そっくりな「キューピー」と、心得《こころえ》ていたか？　恐らく殆ど無自覚《むじかく》なまま、一時《いっとき》のみ〝集団快楽《かいらく》〟に身を委《ゆだ》ね、終わりも始まりも無い夢空間が展開していただろう。

＊　＊　＊

キューピー達三人による、

「幼児——心の救援活動」——ここ数年《すうねん》、ずっと停止《ていし》状態。

理由《りゆう》は取《と》りも直《なお》さず、各々「持主」達の日常的変化だった。生活年齢による「人形離《ばな》れ」傾向？

井上太郎と、田辺ゆかり・光彦共々、素朴で無垢《むく》な時期《じき》を過ぎ、光彦以外は、もう一端《いっぱし》に物心《ものごころ》ついた少年少女《しょうねんしょうじょ》となりつつある筈。

井上太郎が田辺家をしょっちゅう訪れ、ゆかり達二人と、お揃い（同品《どうひん》）キューピー人形片手《かたて》に、思い思い喋り合って楽しむあの遊びは、長い間、開かれていない。

今では普段、主に朝方《あさがた》、三人出会えば親《した》しく声かけ合い、各々が通《かよ》う小学校や幼稚園へつながる街路《がいろ》を、喋りながら歩いて行くが、そこだけの交わりであり、また休日、何して遊ぼうか——等と、打ち合わせたりする訳でない。

一方、放課後、三人が帰り道を共にする光景《こうけい》は、見られなかった。元々からそうで、かつてもあくまで帰宅後、太郎がわざわざゆかりの子供部屋へ通い、その日毎《ごと》の本格的な出会いとなっていた。

尤も、ゆかりは今尚《いまなお》、やや晩生《おくて》な弟の面倒見に熱心で、「お姉さん」風《かぜ》を吹かせている模様。

太郎は案の定、小学校——教室内外問わず、凡《およ》そ冴《さ》えない一児童《じどう》に甘《あま》んじ、取り分け集団行動の際、皆と目的を共有したり、特技《とくぎ》を発揮《はっき》できる感性に乏しく、「リーダー格」とは程遠《ほどとお》い器《うつわ》だった。

先ず、自ら進んで目立とうとはしない性格――。かと言って特段、発達の遅れ無く、引き籠って孤立《こりつ》する程でもない。

学課《がっか》成績は、ごく平凡《へいぼん》。それでも自分なりに工夫《くふう》して頑張り、「中の上」レベルにぶら下がっていた。

太郎が芯から生き生きする一時《ひととき》――それは、やはり放課後、早足《はやあし》で帰り着くや、家から自転車で発進し、街の周辺をあちこち巡って散策《さんさく》する事。当然ながら現在、いつも「一人乗り」

ならば「十八番《おはこ》」の、三人乗りは……？

かつて父母から禁じられて以後、とうに止めてしまっている。

そして最近、三人共、何よりお互いを結びつける要《かなめ》――と、強い確信《かくしん》有ったキューピー人形に触る事すら、もはや全然、やっていない。

ゆかり・光彦の手持ち人形は、それでも二体仲良く並べ、昔と同じ大振りな、木製玩具箱内で静かに収《おさ》まっている。

片や太郎の方——。正直、人形を一体どちらへ仕舞い込んだか、忘れており、何とも心細《こころぼそ》い実情《じつじょう》だ。

「田辺家——子供部屋での人形芝居」参加《さんか》を日頃、生き甲斐にしていた太郎。仲間意識が噛み合い、どこか心身共の一体感を覚える度、「もっと続けたい」意欲の反面、〈男の子がいつまでも人形遊びなんて——本当は恥ずかしい行《おこな》い?〉と、戒《いまし》める一種の負い目が無かった訳でない。現に両親は、人形遊びに関し、とことん無理解《むりかい》だった。

そうした内外の矛盾《むじゅん》が、逆に太郎をして——いや、他二人も同様に併《あわ》せ、自ら、「生きたキューピー人形」へと変身させる夢内現象を引き起こし、そこでこそ仲間同士のコミュニケーションは、極めつけに高められた次第。

三人共、手持ちのキューピー人形を通《つう》じてのみ、親しく付き合える機会を得られ、それがどこまでも深まり、

「三人」に合体《がったい》――結晶《けっしょう》して行った。

その「対話」へ向け、彼等は初めから、お互い何一つ迷う所無い。元来、意思表現が曖昧《あいまい》な太郎なれど、我を忘れ、両親から隠《かく》れるように、ゆかりの部屋へ通い続けようとしたのだ。

結果、彼等は「キューピー三人」として、夢内の世界で最もつながり、一方、現実の日常時間では依然、キューピー人形のみが、それを支えてくれていた。

その人形――いずれも製品（景品）として瓜二つの、全く同じ姿形《すがたかたち》だった事により、交わりも弾《はず》みがつき、継続《けいぞく》できた感じだ。

もし、この「一致《いっち》」を欠《か》き――、あるいは人形が全部、三人の内、誰か一人の持物だったりすれば、彼等の出会いや活動内容自体、現在と異なっていたかも知れない。

その意味で太郎やゆかり達は、とても幸運《こううん》だった――と言えるだろうか。

ゆかりは、町内で、弟と同年代の幼児達が実際、どんな境遇か――日頃よく、気に懸けていた。

光彦へ向け、どうしても母の世話が行き届かない部分を、自ずと補うべく寄《よ》り添《そ》う感覚。しかし、世の中の同類皆に、そんな姉や兄がいてくれる訳ではなかろう。特段厳しい成育環境でなくても、両親の性格や社会的事情から、なぜか一人置き去られがちな立場を印象づけている場合が少なくない。

男の子・女の子含め彼等はそれぞれ、大変幼い故の「不幸」を、気づかぬ内、背負ってしまった身の上。具体的な像《ぞう》まで摑《つか》み切《き》れない中、個別《こべつ》に表情等から直感させられる「飢《う》え」を、ゆかりは見過ごせない。

――如何な巡り合わせか、「親友」を超える位、近《ちか》しい太郎と、弟＝光彦も加えた三名が或る日以降、夢を共有し、そこにて各々、自ら（持物の）キューピー人形と成り代わり、新たな仲間は自由自在に、街中《まちなか》へ繰り出したが、その際なるべく、幼い「不幸児」を選んで訪ね、実態に合わせ何とか、心の救済を果たそうと懸命だったゆかり――。

たとえ夢次元であれ「生きた人形」姿に変身後、半ば公然と「天使」を名乗り、振る舞うに等しい時空間《じくうかん》。現実社会で喘《あえ》ぐ子供達に直接働きかけ、相応《そうおう》の治療効果《ちりょうこうか》を発揮できた心持ちだ。

太郎は、そんなゆかりの姿勢を肌感覚《はだかんかく》で察したか、できる限り彼女の意図に沿うよう努め、作業《さぎょう》を手伝い、傍から飾《かざ》り立てた。

しかし、彼固有の望みもどんどん膨《ふく》らみ、夢時間内の生き甲斐と化す。それが、実《じっ》生活《せいかつ》では禁じられた「仲間一緒の自転車乗り」――。

後部席に着くゆかり・光彦が大喜びし、より元気に表情輝く手応えから、また新たな本番への備えも兼ね、「空飛ぶ自転車」を思う存分漕いで、小旅行に明け暮れた。

これまで誰も見た事無い、珍しい風景のど真ん中へ、二人を連れて行ってやりたい――。運転中、太郎に絶え間無く、新鮮な欲望《よくぼう》が湧いては移《うつ》ろう。

ゆかりも太郎も、そして恐らく光彦も、その変身した場ではなぜか、普段認められない特権《とっけん》を身にまとう心境《しんきょう》だったろう。彼等皆、

「生きたキューピー三人」

という姿に在って初めて、自分達個々の本来的な役割を知り、街へ出ても誇らしく行動し、助け合えたのだった。

4

どんよりとした春《はる》～初夏季節《しょかきせつ》の午前中。

晴れとも曇りともつかない。

かなり古く、質素《しっそ》な木造――共同住宅。二階の和室内。広さ――六畳。

南、及び東側は奥《おく》が、布団等を仕舞う「押し入れ」そして北側は階段室出入口――と、三方すべて襖張《ふすまば》りの引き戸《ひど》を持つ。

西側のみ窓が有り、その上下共、鶯《うぐいす》色がかった砂壁面《すなかべめん》だ。

畳床《たたみゆか》の真ん中に置かれた丸いお膳が、黒っぽい赤紫《あかむらさき》色。ツヤツヤしている。

ここは、誰それの「子供部屋」か？

なぜなら今朝《けさ》、何時頃からか子供達三者がここへ集まり、お膳を囲《かこ》み、座《すわ》る。男の子と、やや小柄《こがら》な女の子、さらにずっと小さい男の子。しかし、彼等全員「キユーピー」姿。その、全く同じ容貌――。体の大きさ順に、顔の大きさも若干《じゃっかん》異なるものの……。

まるでキユーピー人形が、生きた人間そっくりなまま過ごしているかのよう。

そしてお互い、名前も十分、知り合っている。体格順《たいかくじゅん》に、「太郎」・「ゆかり」・「光彦」――だった。

仲の良さは傍目に、すぐ分かる程。但し今朝、ここへ顔合わせて以降、話し声がしない。

内装《ないそう》から見て、場所は「ゆかりの子供部屋」だろうか。――そう考えられる。

窓――戸外からの淡い陽差し（反射光《はんしゃこう》）を溜《た》め、段々、昼前《ひるまえ》へ向かう部屋内は、生《なま》温《あたた》かい空気がぼんやり淀《よど》んだ居心地《いごこち》。

そんな中、なぜこうやって顔合わせ、お膳を囲み続けるのか？　誰も、それなりの理由を特に持つ様子でない。


今、遊びに夢中？　寛《くつろ》ぎと歓談《かんだん》の休憩《きゅうけい》時？

いや……。

そもそも彼等は相当長く、黙ったまま身を置き、単に屯《たむろ》すだけ。

果たして、この内の誰か――これから何かしら皆で興《きょう》じる行動内容を、思い描けるだろうか。


実の所、彼等が揃って当部屋内《とうへやない》へ来たのは、初めてなのだった。――のみならず、三人が集まる事自体、最近、大変珍しい。

太郎は目付《めつ》き等、絶えずソワソワして、落ち着かない所作《しょさ》が交じる。久しぶりに無《む》二《に》の親友達と顔つき合わせ、嬉《うれ》しい反面、皆に対し親しみ感情を、どう上手く伝えたものか――やはり、まだ要領得ず、いささか決まり悪そうだ。

そこには、「キューピー仲間」として過去、実際行った社会活動への深い思い入れも、当然有るだろう。街中——あらゆる家々を巡り、精神面の恵み薄い哀《あわ》れな乳幼児達が一人一人、「活動」で出会った後、ほぼ共通に見せた笑顔こそ、キューピー達にとり、掛け替え無く尊い勲章《くんしょう》だった。

記憶を辿れば得《え》も言《い》えぬ懐《なつ》かしさが帯びて来て、今後、先々、心に残り続けてくれる筈。


そうした栄誉《えいよ》の担《にな》い手《て》は紛《まぎ》れなく自分達。本来なら、成功例を幾つか記録し、世に広める試みが可能だったかも知れない——いや、その責任さえ負っていた……？

偶然か否か、三人再会できているこの場にて、太郎も気概を新たに今一度、中身濃かった連帯の香りに触れ、味わい直したいところだろう。


ところが、居合わせたゆかりの開口一番《かいこういちばん》は、辛辣《しんらつ》、かつ投《な》げ遣《や》り——むしろ進んで自嘲《じちょう》的に聞こえる響《ひび》きだった。

——夜な夜な幼子《おさなご》達に、無形《むけい》の希望を与えて回り、本気で大喜びさせ、半ば信仰《しんこう》

に近い期待まで集めた私達。不思議なキューピー夢仲間、あえて名乗れば、
「心の救助隊」――
それらすべて、済んでしまった遥か彼方《かなた》の話。
可愛い盛りだった彼等も、受けた恩恵《おんけい》をしっかり覚えていられるか？　実際問題、
凡そ怪《あや》しい。活動当初、私達が彼等の目に「本物の天使」だったとしても、現実は
銘々《めいめい》、しがないビニール人形一体ずつ。御主人《ごしゅじん》（持主）様が芯から愛し、大切に扱っ
てくれたなら、その間《あいだ》だけ続く存在価値に過ぎない。
そして今や、持主様の方《ほう》は明らかに、私達を忘れ去る時期を迎えた。
年齢からして、もう――遊び中であれ「お人形」なぞ、お呼びでなく、まして、
なんて扱い方は面倒臭《めんどうくさ》いし、つき合い切れない……そんな現状。正直な本音《ほんね》では、
「持主本人の分身」
「今後、なるたけ人形に触りたくない」
と――。
太郎は、場所柄《ばしょがら》、唐突《とうとつ》過ぎる話題を耳にし、ド肝《ぎも》を抜かれるばかりの態《てい》。

しかし、ゆかりから懇々《こんこん》と言い諭《さと》されるような空気では逆《さか》らい難《がた》く、只々うろたえ、観念《かんねん》して行く自己を、どうする事もできない。

ゆかりのきっぱり口調——どこか仲間をからかうように懐疑的《かいぎてき》な様子は相変《あいか》わらず。

「もう御主人様は、私達をいつまでも有難く思い、慈《いつく》しんでくれる時代じゃなくなった。（そして、暗に太郎を指し）あんたのところなんか、人前《ひとまえ》だと人形持ってるだけで恥《はじ》かく位、ひどい有様だから、広場で野焼《のや》きでも有れば、真っ先に穴《あな》へ放《ほう》り込んで燃《も》やされちゃうよ」

太郎は顔から一挙《いっきょ》、血《ち》の気失《けう》せ、蒼白《そうはく》に変わる症状《しょうじょう》を覚える。なぜか今朝、たまたま引っ張り出された「裁《さば》きの席《せき》」で、救い無き判決《はんけつ》を受けたに等しい。しかし毅然《きぜん》たる反論《はんろん》や弁明《べんめい》等、一言《ひとこと》も発せられず……。身体の方が、もうこれ以上、聞くに耐えない質の反応を催し、思わず一人立ち上がる。

ふらふら、よろよろと、丸いお膳から離れながら出入口へ向かう。

「そうか、……ぼくらの暮らしも、いよいよ、終わってしまうんだな……」

途切れ途切れ、小声で呟きつつ、虚《うつ》ろな目つき。

部屋北側――襖戸の取手《とって》に指をかけた瞬間、その背中は物凄い衝撃《しょうげき》を――。後ろからゆかりが体当《たいあ》たりして来たのだった。続いてすかさず、彼女の鋭《するど》い叫《さけ》び声が、彼の耳に突《つ》き刺《さ》さる。

「ダメーッ！　帰らないでーっ！」

ゆかりは太郎の腕から腰あたりを、シャツごと鷲掴《わしづか》みし、激《はげ》しく揺《ゆ》さぶった。

「今帰ったら、あなたは殺される。分からないの⁉

絶対《ぜったい》……、絶対イヤよ、私は――。

『三人』が終わってしまうなんて……。

この三人揃って、初めて『私達』が生きて来られた。だから街へ出ても本当に、まるで一人の人間として見て貰えた。

――自分で、どう思ってたか知らない。でも、あなたが消《き》えたら後、どうなるの？　あなたを必要《ひつよう》とする者が、ちゃんとここにいる。今、居場所《いばしょ》は、ここだけになったのよ。分かってちょうだい！」

すさまじい金切り声を発し、奇異《きい》な形相《ぎょうそう》――ゆかりの取《と》り乱《みだ》した態度が止まる所《ところ》を知らない。叫びながら暴《あば》れ回る。

太郎はそうやって揺さぶられ、叩《たた》かれるまま。表情にも自己意思が一切浮かばず、襖戸の取手に指をかけた格好で固《かた》まってしまい、外見上、ぼんやり立ち尽くすのみ。


一体、なぜ、こんな成り行きに……？

太郎にはこれが、ゆかりのみならず、己も同じく暮らす世の中全体に訪れた、とんでもなく深刻《しんこく》な事態――と、肌で感じ取れた印象。

もう、二度と引き返す事はできない。皆、遍《あまね》く混沌《こんとん》の淵《ふち》へ落とされ行く局面《きょくめん》。

「ぼく」・ゆかり・光彦の三人合わせようやく成り立つ仲間、そしてこの家、この街や学校――大地《だいち》や宇宙《うちゅう》までが……。


ゆかりは程無く太郎から離れ、畳の上に一人尻餅ついて、まるで誰彼《だれかれ》選ばず無《な》い物《もの》ねだりするかに泣き叫び、一方的な騒《さわ》ぎ様《よう》。

「帰らないで。今日からは、ここにいて。
これから、ずっとここにいてーっ！　三人一緒に暮らしたいのーっ！」
似通った文句を何度も繰り返して吐《は》き、傍に転《ころ》がった文具《ぶんぐ》を壁へ投げつけたり
――。
己の体裁《ていさい》なぞ全然、注意が向かず、誰に対し、何を求めた働きかけなのか――示《しめ》し
がつかない表現だ。
やがて彼女、口元《くちもと》ゆがんだ泣き顔でぺったり座り込んだまま、喉《のど》の奥《おく》から絞《しぼ》り上げ
るように訴《うった》え、
「お願い。ずっと、皆と一緒にいてーっ！
これ、あげるぅーっ」
と、何か小箱を持ち上げ、手前へ差し出す――古い寄木細工《よせぎざいく》で、蓋《ふた》・本体《ほんたい》共、竹編《たけあみ》
に似た形の品《しな》。
ふと振り返り、その小物を見つけた太郎の顔つきが、変わった。

感電《かんでん》に近い条件反射《じょうけんはんしゃ》で瞠目《どうもく》し、一時《いっとき》、強張《こわば》って全身が停止《ていし》――しかし、すぐさま部屋の反対側へ飛び移るように駆け寄り、しゃがむ。

まだ、それを握っているゆかりの拳《こぶし》を包《つつ》み込んだ後、片方の腕で背中側から回すように、彼女をしっかり抱《だ》く。どこかへ見失《みうしな》った言葉を必死に捜しつつ、告《つ》げ始めるように――。

「ダ……大丈夫《だいじょうぶ》。……大丈夫だよ。ボ、ぼくの言う通《とお》りにして――。これから、コ、このぼくが皆を、ちゃんとマ、守《まも》ってあげるからね。これからも、サ、三人ずっと一緒さ。絶対、ナ、仲間が終わったりするもんか……！」

自身も当惑《とうわく》と、動揺《どうよう》まみれな中、低く抑えつけた太郎のささやき――。しかし、熱っぽく彼女の耳に――いや、心奥《しんおう》へ届かせたく訥々《とつとつ》と一生懸命、思い浮かぶまま、語り伝えられるよう励む。

「ボ、ぼくに、いい考えが有るんだ。とてもイ、いい方法が――。今夜、必ずモ、戻って来るから、ここで待っていて！　――」

彼には、まだ泣き止まず、声出す度、ゼイゼイ息荒くなり、背中を震動《しんどう》させるゆかりが、赤子《あかご》よりもいたいけなく思えてならなかった。

寝室《しんしつ》。遅《おそ》い夜中――。

ベッド上で毛布をすっぽり被《かぶ》り、俯《うつぶ》せに横たわる太郎。

長時間、体に動き無く、寝返《ねがえ》りも打《う》たない。両目《りょうめ》共つむったまま――しかし、眠れていない。息遣《いきづか》いも全然、普通《ふつう》でない。

ベッドの傍《かたわ》ら――足元近い位置の木製スタンド上で、寄木細工の小箱が開いて載《の》っかる。

中身は貝殻。裏返した蓋《ふた》内にも数個、移《うつ》されている。

今、実際、小箱と共に有るんだ。美しい色模様や形――「叶わぬ願い」そのものだった、あのイモガイやタカラガイが……。それは、知られざる「海」の証？

そして、自分がたまらなく欲しかった宝物。勿論、太郎はその価値を信じて来た。

或る時期等、心のどこかで何よりも強く……。

だから今日の昼前、あの二階部屋でついに、直接示された時、「実物」と察知《さっち》して
ゆかりから受け取り、迷わず手に入れたのだった。
だが、あくまで一事実《いちじじつ》として、そう認識。
〈当然、私はこれが欲しくてたまらない筈〉
という意義付《いぎづ》けに、従《したが》う他無《ほかな》いから。

むしろ本音は、ゆかりの真心を正面から全部受け止め、その証拠《しょうこ》となるものを何とか残したい？
今、ここに有る小箱、及び貝殻数個が「証拠」でなければ、絶対おかしい。

彼は、――苦《くる》しんでいた。それら貝殻類が己にとり、本当に宝物となる理由〈尊い実体？〉を、正しく突き止めようと足掻《あが》く。
〈今日の、この『事実』により確かに、何かが良い方向へ改《あらた》まった〉

その「何か」とは、一体……？

真夜中。どこかから差し込むらしい微かな外光に、映えて見える貝殻達――一部、硬《かた》くゴツゴツ尖《とが》った骨質《こつしつ》の表面。沈黙し、とことん静《しず》かな中、只、そこに置かれ、並び続けるのみ。

貝殻とは、もはや生《い》き物《もの》の本体（身肉《みにく》）ですらない。

しかし「死体《したい》」ともみなせない存在。装飾用途《そうしょくようと》で裏面《うらめん》等、何にも替《か》え難《がた》い虹色《にじいろ》（真珠光沢《しんじゅこうたく》）を発する時、殻自体にまるで、持主の人格《じんかく》がじんわり宿って見えたりする。

太郎は今、せめてそんな輝《かがや》きを求め、捜し出し、我が身にしっかり根《ね》づかせなければならない。小さな貝殻一個一個の中に、彼が果たすべき義務《ぎむ》や責任までも、染《し》み込《こ》んでいる前提なのだった。

――結局、身の上に、何ら変化を望み得ない。自分達――皆、後戻り困難《こんなん》な絶壁《ぜっぺき》の縁《ふち》に追《お》い詰《つ》められている――。こうやって独り帰宅後、改めて思い知らされた次第。

〈やはり真相《しんそう》は、ゆかりが告げた通りだったのか。しかし……！〉

太郎は断じて「終わり」を受け入れられない。知らず知らず増して行く恐怖感により、却って――？　いや、今日、昼前、なぜかこの〝宝物〟を偶然、手に入れてから、実際に意思が、そう変わったのだ。

時間は有無をも言わさず流れている。その渦中《かちゅう》の彼一人もがきつつ、あくまでここにて、宿命《しゅくめい》と闘《たたか》う他、有《あ》り様《よう》を保《たも》てないのだろう。

いつしか、重い睡魔《すいま》が全身を包み、抗《こう》し難く、ぐったりして来た太郎。

昼間以降、常時《じょうじ》張り詰めるばかりだった両腕《りょううで》や肩《かた》も、ほぼ脱力《だつりょく》状態に入った。

ついさっきまで、己が一体どんな境遇に置かれ、何を為《な》すべきであったか？　何を「正しい」と考えたかったたか？　――一番肝心な点が、もう一つ鮮明《せんめい》でない。

只、生涯の友――ゆかりが発した渾身《こんしん》の願《ねが》いを、やはり叶えたい。できなければ、その段階で三人同時の死が確定《かくてい》してしまう？

どうも太郎の脳裡に、今日――朝から今現在までずっと、「死」が、影を落とし続けているのだった。

昼前、ああやって何年ぶりの縁《えん》か、三人が再会できた事自体、逃《のが》れられない定《さだ》めを、いよいよ目前《もくぜん》に控《ひか》えた印《しるし》、と……。

一方で、段々と彼は、今回ならでは――純粋《じゅんすい》な疑問に囚《とら》われ、それも眠気《ねむけ》と共に進む。

――ぼく達に今夜、本当の死が訪れる。

しかし……ならば、ぼく達はいつ、どこで生まれたか――？

これまで凡そ考えもつかなかった未知《みち》への問いが、俄に芽生《めば》え、力を伴う。そして、そちらの究明《きゅうめい》をどんどん深《ふか》めるなら、どうやら既《すで》に、何処《いずこ》かで浮《う》かぶ解答《かいとう》へと誘《いざな》われそうな予感《よかん》もよぎり……。そうならざるを得ない。

今日――この年齢に至り、どうした因果《いんが》か、はっきり突きつけられた「死」が、逆に、初めて「生《せい》」をも掘《ほ》り起《お》こさせる方向へ、作用《さよう》し出した。

振り返ってみれば自分達は、約四年前、夢次元《ゆめじげん》で世の中へ生まれた——いや、現《あらわ》れ出《で》た。「生きたキューピー」として、三人、ほぼ一緒に。

状況を呑み込めた日の経緯《けいい》は、まだ覚えている。その〝生地《せいち》〟が、

「白い丘（白い空の丘）」——

〈ぼく達は、紛《まぎ》れなくあそこで「生」を受けた。あの『白い丘』の、なだらかな頂上——。決して三人共、街中に立ち並ぶ各家の、小部屋内で生まれた訳じゃない〉

確かに、特別だったあの日、なぜか三人共通の望みが揃って叶えられたかに、自然《しぜん》な出会いを実感していた。但し「初対面でない」事はお互い、承知《しょうち》できた上——。

〈そう、あそここそ、正真正銘『三人』の、原点＝出発点なんだ。

それは今日の——今も尚、同じなのか〉

程無く太郎は、実の所、近頃——相当に長い期間、己自身が「白い丘」に立つ事も、

また離れた位置から眺める事も全然無い――という点に思い当たる。

かつて活動的だった初期、自分達「三人キューピー仲間」は毎回、必ず「白い丘」の頂上広場で落ち合い、そこから揃って「空中自転車」一台に乗り、街方面へ向け、急降下で出動《しゅつどう》していた。

その主な目的――幼児訪宅（心の救援）――を現在やはり、もうずっと長く遠《とお》ざかっており、三人が単に顔合わせる動機すら、途絶《とだ》えていたのだ。

そして今朝～昼前、何年ぶりかの再会となった「二階――畳部屋」で、絶望的な定めを知らされる思いがけない結末《けつまつ》に……。

彼は今、この避《さ》け難《がた》い「死」を、かつて「白い丘」で授《さず》かった「生」に結びつけようと努める。

〈両者《りょうしゃ》が『表裏一体《ひょうりいったい》』〉

となる関係を解《と》き明《あ》かすため？　――そんな客観的裏付《うらづ》けなぞ持ち合わせない。

只、自分は既に、「死」へ踏み込んだ身。

その立場でなら、別れる前の、この「生」をも、正しく見直《みなお》せる？　少なくとも一度、見直さねばならない心境。

半ば信念《しんねん》のみで、危機《きき》の背景《はいけい》を冷静《れいせい》に探《さぐ》り……実際、結局のところ、思い込みに近い仮定《かてい》ばかりが次々《つぎつぎ》、止《と》め様《よう》無く進み、開く。

――どうも、あの「白い丘」は、生と死の境目《さかいめ》に位置しているらしい。

約四年前、自分達があそこで、現在の姿そのままに生まれた。……と言うものの、もしかしたらそれは、今日――これからの「死」を恙無《つつがな》く迎えるため、仮に授かった誕生《たんじょう》だったたか。

いや、そもそも初めての出来事としてでなく……。

〈四年前の際も、ぼくらはあそこで、再会した――⁉　『キューピー三人仲間』という、思いがけない姿形で〉

それは恐らく過去、お互い――実際はもっともっと長い生涯《しょうがい》を全うした末《すえ》、本当の最終――一番輝く適地《てきち》へ招き入れられた。

〈あそここそ唯一、実在する『天国』だった？〉

全身から、耐え切《たき》れない強張《こわば》りや、圧迫感《あっぱくかん》が次第次第、退《ひ》いて感じられ出す太郎。

果たせるかな、想いも押《お》し並《な》べて「次なる道」へと推移《すいい》し、居住《いず》まいを正《ただ》す。

〈ぼくらは、すっかり未知となった何か——とてつもなく長い『前の生涯』を今、この人形姿のまま、正式《せいしき》に終えようとしている。

しかも、それが決して『消滅《しょうめつ》』なのでない。そう。身体はここまで既に、新しい生活時間を十分過ごして来た訳だから〉

彼は、ようやく……？　……なぜか本当に、本気で——己が今後、一人の「人間」として——この世に暮らして行ける明瞭《めいりょう》な気配《けはい》と接《せっ》したのだ。

それは紛れ無く、恐怖よりも希望に近い。

〈きっと、……これだったんだ〉

そして現在、今度は自ら「あの丘」行きを希求《ききゅう》している太郎。他に選べる方向なぞ無い。

ゆかりの言葉通りこの町で、キューピー三人は、本当の死を迎える。しかしそれ故、同時に改めて正式な、この世での「生」を享受《きょうじゅ》できる。正真正銘「人間」として自《じ》他共《たとも》に認め——貴重《きちょう》な幸《しあわ》せの源《みなもと》。後退《こうたい》は有り得ない——。

〈何としても、もう一度、あそこへ戻る。到達《とうたつ》してみせる〉

出発の時が来た。

彼はベッド上で起き上がり——半ば全身が軽く浮かび、部屋内の空気を掻《か》き分《わ》け、両足で泳《およ》ぐようにゆっくり歩み出す。

北窓際《まどぎわ》から壁を透過《とうか》し、戸外へ出る。

まるで空中の、適度《てきど》な高さに透明な道が張り巡らされ、そこを思い通り進める要領。先ず向かったのは、同じ住宅棟《じゅうたくとう》で西端の家。二階——六畳部屋《ろくじょうべや》。

やや狭い和室《わしつ》内。濃い赤紫色の、小さな丸いお膳を真ん中に挟み、敷布団が並ぶ。片方ではゆかりが毛布にくるまり、ぐっすり寝ている。

太郎が来た事に気づくと、待《ま》っていたように目を覚まし、上体から起きる。太郎と二人、やはり特性を共有し、通じ合えるのか。

もう昼間、泣きわめいた後味《あとあじ》は無く、彼女らしい陽気《ようき》な表情が戻っており、動作も落ち着いている。

大変暗く、傍目には殆ど漆黒《しっこく》の室内。

程無く、身仕度整《みじたくととの》う彼女——毛布をきっちり畳んだ後、窓際の布団で眠る光彦も起こす。

一ヶ所で三人揃うと、そこから大窓を、壁ごと透《とお》し抜けて全員、再び真夜中の戸外へ——。

休日、近隣の行楽地《こうらくち》へ家族で出かけるような気軽さ。時々、三人・手をつなぎ、ブラブラ調子良く上下させたり――。絶えず遠く近く、周囲を眺め回し、喋りながらどんどん歩み行く。

話が尽きない感じ。何か大切な事柄《ことがら》を、相手に分かって貰おうと願う気持ち故でなく、その場その場――体内から自然に湧く感慨が各々、口をついてこぼれ出し、混ざり合う時、特有の快さが醸《かも》されるらしい。内容＝話題よりも、話す行為そのものに、たっぷり楽しく浸れる。

むしろ、残された時間を思いっ切り――お互いの心同士、繰り返し触れ合っている印象だった。

いつしか、三人・それぞれの日に、地平線上《ちへいせんじょう》――遥か小さく、なぜかそこだけ白く輝いている夜空の下――そびえる丘の影が映り出した。方位《ほうい》を「北」と、みなし得る。尤も、それ以上詳《くわ》しい（正しい？）位置関係を探るなら「北東」側《がわ》にも、「北西」側にも思えて来ておかしくない。

一方で、幾ら遠方なれど、三人、こうやって踏みしめる道こそが直接、あの不思議な高みとつながる構造《こうぞう》を理解できており、皆、内心、そちらへ関心が集まる所為《せい》か、黙っていても満たされた同じ表情のまま歩み続ける。


〈どれ位、歩いただろうか——。特に疲れたりしていない……〉

太郎にとり、「我が家」を発《た》ってここまで——比較的《ひかくてき》短い距離《きょり》だった筈なのに、随《ずい》分《ぶん》長く感じられ——いや、実際は大変な長い時間を、ごく短く扱ったような認識もよぎる。

〈『白い丘』へ至る目標のため、ぼく達——皆、ありとあらゆる『生』を演じ、辿る行程《こうてい》が必要だった?〉

そして今、現に歩いている「道」すらも——。周りが次第次第、背高《せいたか》い雑草《ざっそう》類や樹《じゅ》木《もく》に囲《かこ》まれ、遮《さえぎ》られる形で狭《せば》まってしまう。

そうした傾向は先方《せんぽう》で、より著《いちじる》しく、あたり一面、うっそうと繁《しげ》り放題《ほうだい》……。

ついに、或る地点をほぼ境として、行き止まり状態。樹々の影と影の間——左右《さゆう》共、何か黒々《くろぐろ》と、壁状《かべじょう》にせり上がった地面《じめん》の形が垣間見える。

しかし、その上空があくまで白く輝き、空全体も決して暗闇でない。だからこそ、進む程に真正面で、次々変わり出す地形と対応できる三人。

背丈《せたけ》高い草の大群《たいぐん》をかき分け、せり上がった箇所《かしょ》（急斜面《きゅうしゃめん》）そのものに心身共、融《と》け入《い》ってしまいそうな一途《いちず》さだ。

もはや足元《あしもと》に一切、道らしき直線的な平場《ひらば》が無くなり、小石だらけの上、岩肌《いわはだ》もごつごつ剥《む》き出す。手探《てさぐ》りで確かめ、足場《あしば》となる窪《くぼ》みを伝い、よじ登《のぼ》るのが精一杯《せいいっぱい》。

とにかく登り切り、「土手《どて》」の上まで出ると、——そこから、物凄く視界が開けた。まるで正面一帯のみ、昼間のように白い空の下、あの丘の影がくっきりと、勇姿《ゆうし》を誇りそびえ立つ。

決して高い「峰《みね》」でなく、すぐ間近《まぢか》な存在だった筈なのに……。それは、限り無い距離感を経《へ》た前方《ぜんぽう》――奥《おく》に思える。

太郎は中々、声が出ない。ゆかりとしっかり手をつなぎ、やや左《ひだり》かがみに立って顔も寄せ、ひたすら語りかけようとしていた。

〈あそこが、ぼくら三人の生まれ故郷《こきょう》なんだよ〉

と――。他、色々考えついた通り伝えた後、返事《へんじ》を待つ構《かま》えだったが、本音は只々、実景《じっけい》に圧倒《あっとう》されるばかり。

土手の先《さき》っ端《ぽ》は、崖状《がけじょう》に鋭く切れ込んだ巨大《きょだい》な谷間《たにま》――どこまでなのか測《はか》り知《し》れない位、深い。もし足を滑《すべ》らせたら、無限空間《むげんくうかん》の底《そこ》へ向け真《ま》っ逆様《さかさま》に落《お》ちて行く？

いや、凡《およ》そ怖《こわ》くならなかった。

彼等の視線《しせん》は下界《げかい》を覗《のぞ》こうとするこだわりよりも、さらに向こうの「丘」本体にのみ、開かれる。

丘との間で、これまた透明な「橋《はし》」が架《か》かっており、そこを何不自由無《なにふじゆうな》く渡《わた》って行ける真理《しんり》が、肌で感じられるから。但し恐らく、この今のみ――場所・時間共、一度《いちど》切《き》り限られた条件として――。

なぜならその「橋」は、三人の気持ちがこうして一つ――本当につながった故、くっきり見えるようなのだ。これまで歩んだ道の総仕上《そうしあ》げ、尚かつ「続き」をも意味してくれる段階。

〈もう安心していい。さあ、渡りなさい〉

直接耳に聞こえないものの、太郎には、どこかからようやく、そう告げられ、強く信じ始めた事柄が――。

〈『終わり』だけじゃない。それはそっくりそのまま『始まり』なんだ（きっと実際、過去も数え切れない程、繰り返したように）。

今のままのぼく達は、やはり、本当に終わる。――しかし、あの丘の上で今、『新しいぼく達』が、やはり本当に居《い》る。

これから、その彼等になろう！　いや、早く戻りたい……〉

＊
＊
＊

5

まるで一年中《いちねんじゅう》、春曇《はるぐも》りのような場所。けれども明るく、ふんわり乾《かわ》いた空気。

輝く白い空の下——ここは、或る丘の頂上。

そして自然公園《しぜんこうえん》。

クローバー埋《う》め尽《つ》す円《まる》い形の草地が、見渡す限り絨毯状《じゅうたんじょう》に広がり、園路《えんろ》で縁取《ふちど》られています。

北端《きたはし》あたり——園路に沿《そ》った木製《もくせい》ベンチ上で佇《たたず》む、三人のお客は……？　素朴《そぼく》な普《ふ》

段着姿《だんぎすがた》の子供達。小学校高学年から低学年まで位《くらい》の、男の子と女の子。並んで座る左から順《じゅん》に、

「太郎」・「ゆかり」・「光彦」

皆、それぞれランドセルを背負《せお》ったまま。

南北に長く、緩《ゆる》い楕円形《だえんけい》の広場——落ち着いた濃い緑の草地を、只、じっと眺めているだけでしょうか。

いや、彼等は盛んに、喋っています、先程からずっと。

草地を眺めながら丁度、美味しいものを食べている顔つきで、頬膨《ほおふく》らませ、軟らかい口が絶えず伸《の》び縮《ち》みして——。

今、見えている景色の趣から無性《むしょう》に、何か大切な想いを呼び起こされるため？

とにかく、喋りたくてたまらない様子。

話題は次々移り変わりながら、どうも喋り声に、共通した響きが窺えるのです。もしかしたらたった一つ——或る嬉《うれ》しい出来事に関し、三者三様《さんしゃさんよう》、感想《かんそう》を述《の》べ合う内、お互い軽く刺激され、余計、夢中になれるのかも知れません。

各々の立場上、当然、異なる感想なのに、見えている事柄は三人共、全く同じ——

そして相手の見え方も聞く事で、有難味《ありがたみ》を確かめられる。

だから心底《しんそこ》、楽《たの》しいのでしょう。

〈いつまでも、ここで、こうしていたい……〉


実は、「大切な願い」を、既に叶えられた——と、知る彼等。

やがて銘々、自ずと立ち上がり、揃ってゆっくり、動き出します。

これまで、この白い空と共に何時間も（いや、もっともっと長く？）同じだった景色の一コマから、ようやく離れ一人ずつ、各自《かくじ》が暮《く》らす家へ帰るために——。

只、「三人」にとっては、この丘こそが本当の家であり、生まれ故郷。

今後《こんご》、社会《しゃかい》の中の「我《わ》が家《や》」で暮らし、それぞれ別々《べつべつ》、立派《りっぱ》な姿に育って行っても、遠い将来、またここへ戻って来られる安心感が芽生え、しっかり根づきました。

それは——もしかしたら過去何度も味わえたように、三人の心が一体化し、融《と》け合《あ》った時、いつでも新たに実現します。

〈ここはきっと、今回初めて見知《みし》った『白い丘』〉

それなのに懐かしく、ずっと同じ風景となり、心のどこかで残り続けてくれる。「三人」にとって原点――始まりの場所に違いありません。

安《やす》らぎ満《み》ちた草花《くさばな》や樹々――新緑《しんりょく》の「円形広場《えんけいひろば》」から出てしまった先、一体どこに、自ら主役となれる家庭が待つか？　三人一緒なら、今（今だけ？）、なぜか詳しく分かるのです。

彼等は森《もり》の奥へ移り、乾いた土の狭い空間を頼《たよ》りながら、支《ささ》え合い、斜面《しゃめん》を下《お》りて行く。

無言《むごん》のまま、ハァハァ荒《あら》く息上《いきあ》がっても、ふと顔見合わせれば、お互い自然に笑みがこぼれ……。

広葉樹《こうようじゅ》生《お》い繁《しげ》る深い森の、途切れ目に丁度、真っ直ぐ滑らかな舗装道《ほそうどう》を一本、発《はっ》見《けん》。

これこそ街へ直接つながっている、一番分かり易い目印《めじるし》。

普段なら時たま、瀟洒《しょうしゃ》な乗用車《じょうようしゃ》が行《ゆ》き交《か》い、擦《す》れ違《ちが》ったりしている高台《たかだい》地区？

そこへ、道路脇《どうろわき》から次々と踏み入れ、ど真ん中に並んで立つ彼等。

早速、麓《ふもと》側へ向け、歩き出します。――空がどんどん開け、明るくなって来ました。

つい先程まで、頂上広場の周りのみ、照らしていたらしい白い空。「曇り」だけれども、その輝きが、より大きく、遠くどこまでも届き、今、世界全体《せかいぜんたい》をしっとり涼《すず》しく、かつ暖《あたた》かく包み込んでくれる感慨。

緑深い丘の中腹《ちゅうふく》を縫《ぬ》うように、緩《ゆる》やかな幅広《はばひろ》い一本道《いっぽんみち》。このまま歩き下《くだ》り続けたら、いつしか必ず「我が街」、そして「我が家」へ、辿り着く――誰か人を捜して尋《たず》ねたりせずとも、こうした「三人一体」の間《あいだ》は、やはりそれらが、見えるようにすべて納《なっ》得《とく》できるのです。

〈今、本当は何時頃《なんじごろ》？〉――
そんな問い、これまで一度も気にならなかった。あそこ――「白い丘」の上にいると、いつもさわやかな同じ曇り空を見上げ、昼間――正午前頃（いや、逆に真夜中――午前0時頃？）で、ずっと止まった状態のまま安定し、常に自由だった。

今後はまた、時間が正しく流れ始め、一人一人、「今日・明日」の営みだけでなく、たまには自身の将来《しょうらい》へも想い巡《めぐ》らせたりしながら、普段を過ごせて行ける筈です。

「太郎」・「ゆかり」・「光彦」――

三人それぞれ、肩から背負ったランドセル内には、大きさ・形・材質共《ざいしつとも》、全部同じキューピー人形が一体ずつ、入っています。
各自の家へ持ち帰った後、これから先々、皆、いつまでもそれらを「宝物」――思い出が湧く泉《いずみ》――として、一番大切な戸棚《とだな》や箱《はこ》の奥へ仕舞い、一生、守り続けて行く事でしょう。

（おわり）

（最初からの繰り返しは変ニ長調で）

愛・恵み・救い

著者プロフィール

安本 達弥（やすもと たつや）

昭和30年２月10日生まれ。
兵庫県立星稜高校卒業後、神戸市勤務。
昭和63年「日本全国文学大系」第三巻に短編を投稿。
神戸市在住。

著書『公園の出口』、『裏庭』、『窓辺』、『泉』、『駅』
『曇りの都』、『純粋韻律』、『当世具足症候群』
『「裏」から「表」へ――愛（恵み・救い）――』
（以上、近代文藝社）

人形物語 ――愛・恵み・救い――

2019年12月15日　初版第１刷発行

著　者　安本 達弥
発行者　瓜谷 綱延
発行所　株式会社文芸社
〒160-0022　東京都新宿区新宿1－10－1
電話　03-5369-3060（代表）
03-5369-2299（販売）

印刷所　株式会社フクイン

ISBN978-4-286-21153-4